가장 질긴 족쇄,
가장 지긋지긋한 족속, 가족

가장 질긴
족쇄,

가장 지긋지긋한
족속,

가
족

류현재 장편소설

자음과모음

차례

프롤로그

아내가 마지막으로 먹은 음식은 찹쌀떡이다. 아니, 아직 찹쌀떡이 아내의 목구멍에 걸려 있으니 먹었다고 표현하는 것은 틀렸다.

찹쌀떡은 뚜껑처럼, 마개처럼 아내의 숨구멍을 막고 있고 산소가 부족한 아내의 몸은 푸르둥둥하게 변해간다.

이럴 땐 어떻게 해야 하는지 티브이에서 본 적이 있다. 명절 무렵이라 한복을 입은 사회자가 직접 시범을 보였는데, 이물질로 기도가 막힌 사람을 뒤에서 안고 이물질이 밖으로 튀어나올 때까지 두 손으로 가슴을 압박하라고 했다.

하지만 나는 그러지 않는다. 가슴과 배에 칼을 네 군데나 맞아 손가락 하나 까딱할 기운도 없다. 나는 그저 시체처럼 누워서 아내와 나, 둘 중 누가 더 먼저 죽음을 맞이하는지 지켜볼 뿐이다.

아내는 최후의 발악을 하듯 핏발 선 눈을 잔뜩 부릅뜬 채 기침을 해대지만, 4년 전 뇌경색으로 이미 오른편이 굳어버린 아내의 몸에서 만들어내는 기침은 소리도 나지 않을 만큼 온전치 못하다.

힘없고 늙고 병든, 그래서 한심스럽기까지 한 아내의 기침에 비해 아내의 목구멍을 막고 있는 찹쌀떡은 얼마나 크고 찰진 데다 탱글탱글하기까지 한가. 생뚱맞게도 그 찹쌀떡을 품은 채 죽어가는 아내한테 시샘이 나려 한다.

아내는 아이들의 생일마다 손수 찹쌀떡을 만들었다. 아들 둘, 딸 둘. 자식이 넷이니 해마다 네 번씩 찹쌀밥을 지어 빻고, 오랜 시간 팥을 삶아 팥소를 만든 것이다. 뭐 하러 그런 귀찮은 수고를 하느냐고 내가 퉁을 놓을 때마다 아내는 눈을 가늘게 흘겼다.

"찰지게 살면 좋잖아요. 삶에 딱 달라붙어서 떨어지거나, 미끄러지지 않고. 그리고 나중에 시험 볼 때, 한두 번 찹쌀떡 먹은 애들이 어렸을 때부터 이렇게 찹쌀떡을 야무지게 먹고 자란 우리 애들이랑 상대가 되겠어요?"

그렇게 말하는 아내의 표정에는 남들은 모르는 승리의 비법을 혼자만 알고 있는 듯한 은밀한 자만심과 자신감이 충만했다.

아내의 바람과 믿음대로 아이들은 삶의 행로를 이탈하거나 탈락하지 않고 찰지게 잘 자랐다. 특히 첫째 딸과 둘째 아들은 수재 소리 들으며 늘 1등을 도맡아 했고, 셋째 딸과 넷째 아들은 그보다는 못했지만 그래도 재수 한 번 하지 않고 대학에 들어갔고 어디서든 성격 좋고 속이 알차다는 칭찬을 들었다.

그런 자식들을 데리고 밖에 나갈 때마다 우리 부부는 얼마나 흐뭇했는지 모른다. 갓 빚어놓은 찹쌀떡처럼 뽀얗고 탐스러운 자식들을 바라보고 있는 것만으로도 배가 불렀고, 남들이 부러움의 눈길이라도 던질 때면 세상을 다 가진 듯 뿌듯했다. 이렇게 사랑스러운 자식들한테 나 역시 존경받는 자랑스러운 아버지가 되고 싶어 최선을 다했다.

하루하루 내가 가진 모든 열정을 쏟으며 아침마다 빨간 넥타이를 매고 시청에 출근해 밤을 새웠고, 어떨 때는 며칠씩 집에도 들어가지 않고 일을 했다. 서울시청의 빨간 넥타이 하면 모르는 사람이 없을 정도였다.

그런데 자식들이 뒤늦게 뒤통수를 치기 시작했다. 그렇게 찰지고 탱글탱글하던 내 자식들이 어느 순간 돌아보니 발길질에 짓이겨진 찹쌀떡처럼 형편없이 지저분해져 있었다. 충격이고 치욕이었다. 어떻게 내 자식들이……

아내는 변명하듯 자식들이 우리 품을 떠나 본인이 만든 생일 찹쌀떡을 못 먹어 이렇게 된 것이라고 주장했지만 난 수긍할 수 없었다. 1년 전까지 끼고 살던 막내 놈은 아내가 가장 오랫동안, 자그마치 30여 년간 찹쌀떡을 해 먹였건만 열 번이나 공무원 시험에 탈락하고 여태 백수로 살고 있지 않은가. 다른 자식들보다도 유난히 제 엄마의 찹쌀떡을 좋아했던 셋째가 이혼한 건 또 뭐고.

오히려 일찌감치 결혼해 우리 품을 떠난 첫째와 둘째가 그나마 잘 살고 있으니 아내의 찹쌀떡 타령은 허무맹랑하다.

"늙고 병든 부모를 나 몰라라 하고 신경도 안 쓰는 게 잘 살고 있는 거예요?"

"그럼 셋째, 넷째는 뭐 우리가 이쁘고 좋아서 얼굴 디미는 줄 알아? 다 우리 돈 뜯어가려고 수작 부리는 거지."

언제부턴가 아내와 나는 어느 자식이 더 나쁜 놈인지를 놓고 다투었지만 하도 경쟁이 치열해 지금까지도 결론을 내리지 못했다.

아내의 몸이 더 이상 움직이지 않는 걸 보니 아마도 이 문제는 다음 생을 기약해야 할 거 같다. 아니, 다음 생에서는 어느 자식이 더 효자인지를 두고 아내와 입씨름을 벌였으면 좋겠다.

이제는 옛말이 돼버린 효도, 효자라는 말이 그때까지 남아 있다면 말이다.

"여보, 당신도 그랬으면 좋겠지?"

찹쌀떡으로 굳게 봉인된 아내의 몸은 대답이 없다.

너무 늦지 않게 나도 아내를 따라가야지.

김은희

일곱 번째다. 119 구급대원들은 처음과 다를 바 없이 신속하고 조심스러운 태도로 엄마를 이송 침대에 태워 구급차로 옮겼지만, 김은희는 그들의 얼굴을 보기가 민망했다.

"경련이 일어나기 시작한 것은 언제부터죠?"

엄마의 보호자 자격으로 구급차에 탄 김은희를 향해 구급대원이 물었다.

"한 시간 전쯤이에요. 산책 가시고 싶다고 해서 같이 공원을 도는데 갑자기 손을 부르르 떨기 시작하더니 온몸이 마비돼 걷지를 못하셨어요."

"작년 12월에도 같은 증상이 기록돼 있는데요. 맞을까요?"

"네. 그때는 독감 합병증으로……."

그 말을 하며 김은희는 이번에도 감기일지 모른다고 생각했다. 요 며칠 날씨가 꽤 쌀쌀해서 나가지 말자고 했는데도 기어코 고집을 부려 또 이렇게 된 거라고.

"전에 갔던 병원으로 모실까요?"

구급대원이 말하는 병원은 김은희의 오빠인 김현창이 있는 대학병원이었다.

"아뇨. 그냥 가까운 곳으로 가주세요."

구급차가 오기 전 김은희가 전화했을 때, 김현창은 대수롭지 않은 일이라는 듯이 119 불러서 가까운 응급실로 가보라고 말했다. 엄마가 곧 죽을 것처럼 놀라 안절부절못하는 사람은 그들의 아버지인 김영춘뿐이었다. 구급대원들이 구급차에는 보호자 한 명만 타야 한다고 하는데도 굳이 자신도 같이 가겠다며 서두르는 아버지의 바지춤은 젖어 있었다. 그걸 알아챈 김은희가 별일 아닐 테니 집에 가서 옷부터 갈아입으시라고 아버지를 만류했다.

병원에 도착하자마자 김은희는 아버지에게 전화를 걸어 소식을 전했다. 전화를 끊은 후, 언니나 동생에게도 이 소식을 알려야 하나, 말아야 하나 갈등했다.

처음 그리고 두 번째, 세 번째까지는 모두가 놀라서 허둥지둥 병원으로 달려왔지만 지난번 입원 때는 응급실에서 한나절을 보내고 일반실로 옮기고서야 두 사람은 모습을 보였다. 그리고 그새 상태가 좋아진 엄마를 보고는 괜찮은데 뭘 그렇게 호들갑을 떨고 119까지 불렀냐는 듯, 너 때문에 괜히 피곤하다는 듯이 얼굴을 찌푸렸었다.

"집에서는 혀까지 굳어서 난리도 아니었어. 숨도 제대로 못 쉬어서 큰일 날 것 같았다니까."

변명하듯 말을 늘어놓으며 김은희는 기분이 언짢았다. 왜 매번 자신이 죄지은 것처럼 이렇게 변명을 해야 하나. 이런 구차한 말을 할 필요가 없게 차라리 엄마의 상태가 더 나빠졌더라면 좋았을 거란 생각이 들었다.

'차라리.'

엄마를 보살피면서 김은희가 속으로 수백 번, 수천 번 떠올렸던 단어였다. 뇌경색으로 오른편이 마비된 후로 혼자 밥도 못 먹고 화장실도 가지 못하게 된 엄마는 작년부터 상태가 더 안 좋아져 이제는 짧은 말도 제대로 발음하지 못했다. 면역력도 약해져 걸핏하면 합병증이 오고 인지 능력도 의심스러운 상태였다.

똑떨어지게 야무져 병이 나기 전까지 '세상 제일 똑순이'라는 말을 듣고 살았던 엄마를 생각하면, 하루라도 빨리 이런 비참한 말로가 끝나는 것이 엄마를 위해서도 좋은 것이라고 김은희는 생각했다.

아니, 핑계라는 걸 그녀는 잘 알고 있었다. 엄마를 위해서가 아니라 자신을 위해, 김은희는 한없이 반복되는 이 지옥 같은 생활이 끝나기를 바랐다.

산책 도중 갑자기 몸이 마비돼 벤치에 누워버린 엄마를 보면서 처음 든 생각도 그것이었다.

이번에는 정말 죽는 건가. 빨리 병원으로 옮기지 않으면 죽을지도 모른다.

119를 불러 응급실로 달려간 건만 여섯 번이지, 그동안 온 가족이 가슴 철렁해하며 병원으로 소환된 건 수십 번도 넘는다. 부모와 같은 집에 살고 있는 김은희는 더했다. 엄마가 갑자기 숨을 안 쉰다는 아버지 때문에 한밤중에 잠을 깬 것은 부지기수고, 며칠에 한 번씩 엄마가 먹은 걸 토하고 상태가 안 좋아질 때마다 엄마를 병원으로 모시고 형제들에게 연락하라는 아버지의 닦달에 시달려야 했다. 게다가 요즘에는 치매까지 왔는지 엄마는 자기가 한 말도 기억을 못 하고 생트집을 잡았다.

이제 그런 시간이 끝날 때가 된 거라고, 산책하러 나오면서 핸드폰을 챙기지 않아 119에 빨리 연락을 못 한 것은 자기 잘못이 아니고, 그 때문에 엄마가 돌아가시게 됐다고 다른 형제들이 자신을 원망하는 일은 없을 거라고, 아니 오히려 내심 고마워할 거라고 김은희는 점점 더 비틀리는 엄마의 몸을 보면서 생각했다.

그런데 핸드폰이 있었다.

깜빡 핸드폰을 잊고 나왔다고 생각했었는데, 아니었다. 김은희는 엄마가 또 쓰러졌다고 119에 전화를 하면서 울먹였다. 그것은 상대방이 짐작할 슬픔이나 놀람과는 거리가 먼 감정이었다.

"엄마는 어떠셔?"

"아직 몰라. 좀 전에 응급실에 도착했어."

언니인 김인경으로부터 걸려 온 전화였다. 김은희는 결국 다른 형제들에게 전화하지 않았지만 아버지가 연락한 모양이었다.

"오늘은 급한 일이 있어서 못 가고 내일, 아니 봐서 시간 되면 저녁때 들를게."

섭섭했다. 자신도 지칠 대로 지쳐서 계속 이런 시간이 연장되느니 차라리 여기서 끝나는 게 좋다고 생각했으면서도 막상 언니가 시큰둥하게 반응하자 김은희는 부모 입장에서 그녀를 욕하게 됐다.

뭐, 내일? 시간 되면 저녁때? 엄마가 돌아가실지도 모르는데 어떻게 그렇게 한가한 소리를, 그것도 큰딸이라는 사람이!

119를 부르기 전에 연락했는데 여태 어떻게 됐냐고 묻는 전화 한 통 없는 오빠도 서운했다.

흥! 그래서 다른 병원으로 가라고 한 거였어. 자기 일하는 병원으로 가면 얼굴 안 내비칠 수도 없고 귀찮으니까. 잘난 의사 아들 있으면 뭐 해? 아무 소용도 없는걸.

하긴 못난 자식도 소용없긴 마찬가지다. 택시를 타고 달려온 아버지는 막내 현기가 아무리 전화를 해도 받지 않는다고 버럭 화를 냈다. 지금까지 자신이 속으로 했던 불평을 아버지가 앞에서 늘어놓자 이번에는 또 자식 입장에서 김은희는 그런 아버지가 못마땅했다.

"다들 각자의 인생이 있는데 허구한 날 부모만 쳐다보고 살 수는 없잖아요."

"뭘 잘했다고 큰소리야? 엄마가 너랑 나갔다가 저렇게 됐는데? 내가 같이 나갈 때는 한 번도 이런 일 없었어."

"그게 무슨 말이에요. 내가 엄마한테 무슨 해코지라도 했다는 거예요?"

"요새 네 엄마 너 때문에 잠도 못 자고 속을 썩으니까 하는 말이잖아."

이번에도 아버지는 김은희 탓을 했다. 지난번 독감으로 엄마가 입원했을 때는 그녀가 환기한다고 창문을 열어놨던 걸 탓했고, 지지난번 엄마가 체했을 때는 그녀가 소화하기 힘든 음식을 준 탓이라고 했다.

여태까지 김은희는 아버지의 말이 맞을지도 모른다 생각하며 자책했었다. 그런데 이번에는…… 도저히 그렇게 생각할 수가 없었다.

김은희는 눈을 감았다. 아버지의 얼굴을 계속 보고 있으면 자신 안에서 무언가가 튀어나와 일을 저지를 것만 같았다. 아무것도 보이지 않는 깜깜한 어둠 속에서 한 가지 생각만이 김은희를 사로잡았다.

그때 오는 게 아니었어.

4년 전 처음 엄마가 쓰러졌다는 연락을 받았을 때, 김은희는 아들과 단둘이 생활하던 중이었다. 이혼하고 친정 동네에 집을 얻을까 하고 찾아갔을 때, 아버지 김영춘과 어머니 이정숙은 결혼도 이혼도 우린 반대했는데 네 맘대로 했으니 자기들한테 기댈 생각 하지 말고 네가 네 인생 책임지고 살라고 했다. 그 말을 듣고 받았던 상처가 아직 아물지도 않았지만, 그래서 집도 일부러 친정에서 먼 곳에 구했지만 엄마가 돌아가실지도 모른다는 소식에 김은희는 모든 걸 잊고 가장 먼저 병원으로 달려갔다.

늙은 자신이 이정숙의 보호자로 있으면 자식도 없는 늙은이로 알고 의료진이 엄마에게 신경을 안 쓸 테니 무조건 자식 하나는 꼭 엄마 옆을 지켜야 한다는 아버지에게 김은희는 말했다.

"아버지, 걱정하지 마세요. 제가 엄마 옆에 있을 거니까."

언니 김인경이나 오빠 김현창처럼 김은희도 직장 생활을 하고 있었지만 엄마의 간병을 위해 김은희는 어린이집에 사표를 냈다. 엄마를 잃을지도 모르는데 직장이 중요한 게 아니니까, 별로 고민하지도 않고 결정했다.

하루, 이틀, 일주일이 지나고 열흘이 지나 놀랐던 마음도 가라앉자 너무 성급하게 사직을 한 게 아닐까 후회되기도 했지만 엄마가 이만하길 다행이라고 생각하기로 했다. 엄마가 다시 건강해져 퇴원하게 되면 일은 그때 다시 구하면 되니까.

병원에서 숙식하며 간병하던 때, 한 가지 알게 된 사실이 있다. 그 이유까지 깊게 따져보지는 못했지만, 죄다 노인뿐인 병실의 좁고 불편한 간이침대에서 뒤척거리며 보호자 노릇을 하는 자식은 대부분 둘째나 셋째 같은 낀 자식이라는 것.

첫째나 막내들은 가끔만 얼굴을 비췄다. 부모 곁을 지키는 다른 집 둘째, 셋째들의 초췌한 얼굴에서 김은희는 무척이나 낯익은 불만과 상처를 감지했다. 그건 다른 자식들이 찾아왔을 때 더 도드라졌다.

종일 부모의 수발을 드는 건 자신인데 환자가 다른 자식들을 더 반기고 챙길 때, 잘 차려입은 형제들이 고생 많다는 형식적인 인사나 하고 서둘러 병원을 빠져나갈 때, 다른 자식들 앞에서는 강하고 고상한 척 품위를 지키던 부모가 자기 앞에서만 엄살을 부리고 짜증을 낼 때, 그들의 입에서는 작은 한숨이 새어 나왔다. 그 속에는 늘어질 대로 늘어진 고무줄처럼 헐렁해진 인내와 짙은 체념이 섞여 있었고, 그건 김은희에게도 너무나 익숙한 것이었다. 그 헐렁함 덕분에 집안의 궂은일을 도맡으며 부모와 가장 가깝게 지낼 수 있었는지도 모른다.

우리나라 최고의 뇌졸중 전문의를 찾아갔는데도 불구하고 중요한 뇌 부위의 혈관이 막혀버린 이정숙의 상태는 호전되지 않았다. 혼자 일상생활을 할 수 없는 이정숙의 퇴원을 앞두고 근심하던 자식들은 요양병원에 모시자고 말을 꺼냈지만 이정숙과 김영춘은 거세게 반대했다. 죽어도 집에 가서 죽겠다고 고집을 피우며 하늘이 무너지기라도 한 듯이 한탄하고 분노했다. 병들자마자 제 부모를 버리려는 못된 자식들이라고 소리쳤다.

그런 부모가 가여워 김은희는 부모 편을 들었다.

"답답해서 우리 엄마 그런 데 못 있어. 혼자 남은 아버지도 외로우실 테고. 난 엄마 요양병원에 모시는 거 반대야."

23

"넌 너무 감정적이고 단순해서 문제야."

김인경이 차갑게 말했다.

어떨 땐 '넌 참 단순해서 좋겠다' 같은 표현으로 바뀌기도 했지만 김은희가 평생 김인경에게 가장 많이 들어온 말의 골자는 '단순하다'는 것이었다. 언니가 생각하는 것만큼 자신이 그렇게 단순하지는 않다고 생각했지만 언니처럼 깐깐하게 따지고 토를 달지는 않았다.

"엄마 아버지가 요양병원은 싫다 하시잖아. 그런데 어떻게 억지로 보내."

"다른 사람들은 다 좋아서 들어가니? 현실적인 문제가 있으니까 그런 거 아냐."

오빠인 김현창이 답답하다는 듯 김은희를 쏘아보았다.

"우선 집으로 모셔보고, 혹시 좋아지실 수도 있잖아."

"난 어쩌라고? 아침에 도서관 갔다가 밤에나 돌아오는데, 나보고 취업 포기하고 엄마를 돌보라고?"

아직 부모님과 살고 있는 막내 김현기가 원망스러운 말투로 목소리를 높였다.

"정 안 되면 사람이라도 쓰면 되잖아."

김인경, 김현창, 김현기가 동시에 한숨을 내쉬었다. 자식들의 이야기에 귀를 기울이고 있던 김영춘이 다시 목에 핏대를 세웠다.

"생판 모르는 남한테 네 엄마를 맡기란 말이냐? 내가 화장실 따라가는 것도 질색하는 네 엄마가 그런 사람들한테 자기 맨몸뚱이를 드러낼 수 있을 것 같아? 자식들이 지 엄마를 몰라도 그렇게 몰라?"

부모의 완강한 의지를 꺾을 수 없다고 생각한 김현창은 설득의 대상을 김은희로 바꿨다.

"혼자 정우 데리고 밖에서 고생하는 것보다는 은희 네가 부모님과 같이 사는 게 좋지 않겠니? 피 한 방울 안 섞인 남보다야 딸이 보살펴드리는 게 좋지."

오빠가 말한 '남' 중에는 자기 아내도 포함될 것이다. 장남이지만 본인은 부모님을 모실 수 없다는 뜻이겠지.

"당연하지. 정우를 위해서도 그게 훨씬 좋아. 이제 곧 사춘기가 올 텐데 그렇게 시끄러운 동네에서 살면 비뚤어지기 쉽다. 교육환경이 얼마나 중요한데."

교사인 언니가 하는 말이라 더 설득력이 있었다.

"부모님도 작은 누나를 가장 편하게 생각하잖아. 누나가 옆에 있으면 우리도 마음 놓을 수 있고."

막내 현기까지 그렇게 말하니 마음이 기울었다. 하지만 선뜻 내가 할게, 라는 말이 나오지는 않았다. 형제들의 말을 듣는 동안 가슴속에서 부글거리던 말들이 목구멍을 막고 있었다.

맹자 엄마 뺨칠 만큼 교육환경을 중요시하면서 왜 언니는 자신이 전세자금 부족해 발 동동 구를 때 모른 척했는지 따지고 싶었고, 피 한 방울 안 섞였어도 시부모님 잘 모시는 며느리들도 많다고 오빠에게 대들고 싶었다. 현기에게는 별로 취업할 의지도 없어 보이는데 이럴 때만 공부 핑계 대는 것 아니냐고 질책하고도 싶었지만 모두 지금 상황에서 할 수 있는 말은 아니었다.

대신 늙어가는 언니, 오빠의 흰머리와 축 처진 동생의 어깨가 눈에 들어왔다. 잔뜩 예민해진 채 자식들의 대화에 귀를 기울이고 있는 늙은 부모님도 마음 쓰였다. 갑작스러운 이혼으로 그들의 마음을 아프게 했다는 죄책감 때문에 더 그랬는지도 모른다. 며느리, 사위 눈치 보면서, 아직 미혼인 막내가 자기들 때문에 결혼도 못 하게 되는 거 아닐까 걱정하면서 그들이 노년을 보내게 하고 싶지 않았다.

"그래. 내가 모실게."

그 말에 김현창의 얼굴이 가장 먼저 환해졌다.

"돈 걱정은 하지 마."

"잘 생각했어. 나도 시간 날 때마다 들러서 도울게."

김인경이 김은희의 손을 꼭 잡았다.

"고마워, 누나."

떨리는 김현기의 목소리 때문에 김은희는 더 씩씩하게

말했다.

"고맙기는 뭘. 내 부모인데."

그때 김은희의 그 말은 진심이었다. 언니나 오빠, 동생의 부모님이기도 하지만 자신의 부모님이니까 자신이 모시는 거라고. 그건 당연한 도리라고 믿었다.

결혼하고 떠났던 집으로 20여 년 만에 돌아온 첫날 밤에는 설레서 잠도 오지 않아 밤중에 마당을 서성거렸다. 활짝 핀 자목련 아래, 떨어진 꽃도 아까워 주워 들고 한참을 바라보며 다짐했다.

이 집을 반짝반짝 빛나게 했던 엄마처럼 자신도 가족을 위해 최선을 다하리라. 부모님께 효도해 그들의 말년을 행복하게 만들어주리라.

다음 날부터 김은희는 부모님과 동생, 아들을 위해 새벽부터 일어나 부산을 떨었다. 마치 어린 시절 매일 아침을 준비해놓고 가족을 깨우던 엄마가 된 기분이었다. 숟가락질을 제대로 못 하는 엄마의 밥시중을 들며 시끌벅적한 식사를 할 때마다 코끝이 찡해지기도 했다.

결손가정이란 말이 떠올랐다. 이혼 후 그녀가 가장 듣기 싫어했던 말이고 인정한 적이 없는 표현이었다. 그런데 다른 가족과 함께하는 순간 아이러니하게도 아들과 둘만 살았을 때 느꼈던 허전함과 결핍이 뒤늦게 사무쳤다.

잠시 잃어버렸던 가족을 되찾은 느낌, 이제야 헤어진 가족을 다시 만나 같이 살 수 있게 된 듯한 충만함 속에서 김은희는 이곳에 오기를 잘했다고 스스로를 칭찬했었다.

볕 좋은 오후에 엄마를 부축하며 아버지와 함께 집 뒤편 오솔길을 산책할 때 느꼈던 감동은 또 어찌 잊으랴.

어린 시절 자신의 손을 잡고 걸음마를 가르쳐줬던 부모가 이제는 자신에게 기대야만 하는 약한 존재가 됐다는 걸 절감하며 어쩌면 인간이 생로병사를 겪게 만든 신의 의도는 이런 걸지도 모른다고, 부모가 세상을 떠나기 전에 이런 시간을 가질 수 있게 된 것은 축복이라고 마음속으로 감사의 기도를 올리기도 했다. 엄마와 아버지를 양팔에 끼고 찍은 사진 속에는 이제야 부모님을 독차지할 수 있게 됐다는 은밀한 기쁨마저 넘쳤다.

그런데 어쩌다가 이렇게 됐을까. 언제부터 '존경하는 부모님'이 '지긋지긋한 그 노인네들'로 바뀌었을까.

땅에 떨어진 자목련 꽃을 보면서 애틋함보다 추하다는 생각이 들었을 때부터?

'추하다.'

김은희를 가장 괴롭힌 생각은 바로 그것이었다.

이혼하고 보육교사로 몇 년 동안 일해봤기에 김은희는

몸이 불편한 엄마를 보살피는 게 어렵지 않을 거라 자신 했었다. 하지만 막상 해보니 달랐다. 아이들은 아무리 똥오줌을 싸고, 잠을 안 자 애를 먹여도 방긋 웃는 얼굴을 보면, 뽀얗고 푸딩 같은 살을 맞대면 저절로 웃음이 나오고 피로가 가셨다.

엄마의 경우는 반대였다. 검버섯이 피고 한쪽으로 찌그러진 얼굴은 보면 볼수록 추하게 느껴지고, 아무리 깨끗이 씻겨도 냄새가 났다. 마비된 눈 주위의 근육 때문에 눈빛마저도 음험하고 섬뜩하게 변해버린 엄마를 보고 있으면 자신도 모르게 인상이 찌푸려졌다.

불에 타다 만 생쥐처럼 쪼그라든 채 피해망상만 가득한 아버지도 보기 흉했다. 자신이 사 온 고기가 맛이 없는 것은 정육점 주인이 노인이라고 업신여겨 일부러 맛없는 걸 준 것이고, 아파서 병원에 가도 노환이라며 건성으로 보고, 티브이 프로그램도 다 젊은 놈들을 위한 것뿐이고, 노인들은 사람 취급도 안 한다고, 늙고 필요 없어지니 자식들도 찾아오지 않고 괄시하는 거라며 매일매일 불평불만을 입에 달고 화내는 아버지가 지긋지긋했다.

다른 부모들보다 신식이고 개방적이라고 생각했던 그녀의 부모는 어디로 가고, 자기들이 하고 싶은 말만 하고 남의 이야기는 듣지도 않는 앞뒤 꽉 막힌 추한 늙은이들만 자기 앞에 있었다.

"괘씸한 놈들. 너네도 똑같아. 우리가 돈 한 푼 없었어
봐. 여태껏 여기 붙어 있나. 현기, 넌 남들은 다 붙는 시험
을 왜 10년이나 떨어져? 그냥 놀다가 우리 죽으면 그 돈으
로 먹고살 심산으로 게으름이나 피우니까 그렇지."

그 말을 못 견디고 현기가 집을 나가자 아버지의 독설과
냉소는 더 심해졌다.

"제 부모 멀쩡할 때는 그렇게 나가라고 해도 안 나가던
놈이 이제 부모가 병들고 짐 될 거 같으니까 쏜살같이 내
빼? 나쁜 놈. 이 천하에 불효자식!"

김은희 역시 자신이 그렇게 붙잡는데도 기어코 집을 나
가버린 현기에게 섭섭했지만 그 마음도 이해됐다. 지금 눈
앞에 있는 사람들은 김은희가 알던 예전의 부모가 아니었
다. 이 사실을 진작 알았다면 선뜻 자신이 모시겠다고 하
지 않았을 것이다.

'모신다.'

이 말을 쓰는 것도 이 집에선 조심해야 한다. 김영춘과
이정숙은 이 단어에 지극히 민감해, 누군가 자기들 앞에서
이 말을 사용할 때마다 검버섯 핀 얼굴을 찌그러뜨리며
비웃었다. 그들이 사는 이 집은 엄연히 김영춘과 이정숙의
명패가 걸려 있는 본인들의 집이고, 그들이 먹고 쓰는 생

활비도 김영춘 명의의 연금 계좌에서 나오니, 김은희가 그들을 모시고 있다는 표현은 매우 부적절하고 오히려 자신들이 오갈 데 없는 김은희 모자를 부양하고 있는 거라고 자부했다.

'오갈 데 없는.'

사과를 깎다가 처음 그 말을 들었을 때, 김은희는 칼로 사과 대신 자신의 살을 벤 줄 알았다. 칼에 베었지만 아직은 피가 나오지 않는 그 찰나의 순간, 사람의 머리끝을 쭈뼛하게 만드는 놀람과 공포, 고통의 예감으로 김은희는 얼어붙었다. 어쩌면 그때 김은희가 느낀 건 이후에 벌어질 이 비극의 전조였는지도 모른다.

자신이 이 집에 들어온 건 오갈 데 없어서가 아니었는데 그렇게 말하는 것이 서운했다. 몹시 서운했다. 아니, 몹시 서운하다는 말만으로는 표현할 수 없는 무언가가 그녀의 가슴속에서 훅 치밀어 올랐다.

김은희는 그들이 왜 '오갈 데 없는'이라는 말을 썼는지 그 이유를 헤아렸다. 이곳에 오기 전 김은희는 아들과 빌라의 투룸 월세방에 살고 있었다. 북향이라 햇볕이 들지 않아 종일 어둡고, 옆방에 사는 사람들의 술주정이 다 들릴 만큼 방음이 안 되는 곳이었지만 마음만은 이곳보다 훨씬 편한 내 '집'이었다. 그런데 부모는 그 '집'을 집으로 인정하지 않았다. 햇볕이 쨍쨍하게 들어오는 남향 이층집에, 마당까지 있는 이 집에 비하면 그곳은 집도 아니라며.

집 문제뿐만 아니라 직업에 대한 것도 마찬가지였다. 월급 많고 안정된 직장은 아니어도 보육교사 자격증까지 따고 출근했었던 어린이집 일을 그들은 걸핏하면 하찮은 밥벌이로 폄하하며 김은희가 자기들에게 얹혀사는 것이며 자기들이 불쌍한 김은희를 구제해줬다 여겼다.

육체적인 쇠락이 찾아와 이제는 자식이 그들의 보호자가 됐는데도 불구하고 여전히 자존심을 내세우는 부모가 어처구니없었다. 혼자 화장실도 못 가는 엄마의 상태와 자신이 없으면 밥도 못 찾아 먹는 아버지의 처지를 생각하면 더 기가 찼다. 그런데도 그들의 정신은 자식들을 호령하던 과거에 머물러 있었다.

자가용이 흔치 않던 시절, 매일 아침 출근길에 학교 앞까지 태워주던 아버지는 김은희의 자랑이었고, 엄마가 싸준 도시락 반찬은 다른 애들 도시락과는 비교할 수 없게 정성이 담겨 있었다는 걸 김은희도 기억한다. 하지만 그건 이미 지나간 과거일 뿐이고 김은희는 이제 중학생이 아니라 쉰이 얼마 남지 않은 중년인데, 그들은 그걸 받아들이지 않고 말도 안 되는 허세와 오만을 부렸다. 그리고 시간이 갈수록 그 증상은 더 심해졌다.

"네가 원해서 들어온 거야. 우리는 너보고 여기 오라고 사정하지 않았다."

자식이 넷씩이나 되는데 아픈 부모를 보살필 자식이 하나도 없냐고 입에 거품을 물 땐 언제고, 이제 와 그런 말을 하는 부모가 비열하게 느껴졌다.

"우린 너보다 몇 배는 더 열심히 살고, 몇 배는 더 성공하고 돈도 많이 벌었던 사람들이야. 그러니까 늙었다고 우릴 우습게 보지 말란 말이야."

"제가 언제 우습게 봤다고 그러세요?"

"우습게 보니까 그렇게 우리가 하지 말라는 짓을 하는 거 아냐!"

또 그 얘기다.

김은희는 정말 진절머리가 나고 신물이 넘어왔다. 늘어질 대로 늘어진 인내의 고무줄은 이제 실처럼 가늘어져 끊어지기 직전이었다.

매일 안 아픈 곳이 없고, 기분 좋은 일이라고는 없는 노인들과 24시간을 함께한다는 건 김은희가 예상하지 못한 고역이었다. 그래도 2년까지는 의지로 어떻게든 버텼는데, 3년 차가 되자 녹이 슬어 열리지 않는 깡통에 갇힌 것처럼 속이 답답하고 우울해졌다. 이 생활이 언제 끝날지 모른다는 생각을 하면 너무 암담해 잠도 오지 않았다. 그나마 술을 마시면 조금은 잘 수 있었다.

온 가족이 잠들면 김은희는 방 안에서 홀로 소주를 홀짝거렸다. 안주도 없이 술을 마시고 혼잣말을 하면서 가슴에 쌓여 부글거리는 독가스를 뽑아내야만 잠이 들었다. 그래도 잠이 오지 않는 밤이면 밖으로 나가 바람을 쐤다.

현기의 친구이자 같은 동네 동생으로 오래전부터 알고 있던 광수를 만난 건 그런 밤이었다. 세탁소집 아들 광수는 이혼하고 아버지와 둘이 살고 있어 김은희의 마음을 누구보다 잘 이해했다. 아무에게도 말하지 못한 속엣말을 광수에게 쏟고 나면 조금은 숨통이 트였다.

그런데 김은희를 바라보는 부모의 눈이 살벌해지기 시작했다. 외출할 때마다 뭐 하러 나가냐고 꼬치꼬치 따지다가 광수랑 만난다는 걸 알고는 아예 나가지 못하게 했다.

"넌 남자 보는 눈이 없어 우리가 걱정하는 거야. 또 엉뚱한 놈 만나 고생하지 말고 그냥 얌전히 있어."

"아버지, 내 나이가 몇인 줄 알아요? 마흔일곱이에요, 마흔일곱. 부모가 딸한테 누굴 만나지 말라는 얘기는 열일곱 살 때나 하는 거라고요."

그러자 이정숙의 입에서 욕설이 튀어나왔다.

"미친년."

34

그 뒤로 김은희가 핸드폰을 들여다볼 때마다, 식료품을 사러 마트에만 다녀와도 이정숙은 비슷한 욕설을 내뱉었다. 정신 나간 년, 한심한 년.

다른 말들은 제대로 발음하지 못하면서 그런 욕설만은 뚜렷이 말하는 엄마가 뜨악했다. 원래 엄마는 그런 상스러운 말을 한 적이 없었다. 처음에는 진짜 우리 엄마는 어디론가 사라지고 다른 사람이 엄마인 척하는 게 아닐까 싶어 께름칙했다. 그러다 자신이 그동안 알던 엄마는 포장된 껍데기고 지금 보는 것이 실체인 것만 같아 혐오감이 밀려왔다. 동시에 김은희는 엄마에게 그런 감정을 느끼는 것에 자괴감이 들었다.

"네 오빠한테서 전화 안 왔어?"

벌써 백 번은 들은 듯한 똑같은 질문이다.

"그러게 현창이 병원으로 안 가고 왜 여기로 와?"

구급차를 타고 병원에 도착했다고 전화했을 때부터 지금까지 천 번은 더 반복된 것 같은 김영춘의 지겨운 힐책에 김은희는 귀가 아팠다.

"오빠가 그냥 가까운 데로 가라고 했어요."

"현기 놈한테 네가 전화 걸어봐. 내 전화는 받지도 않아."

"문자 보내놨다고 했잖아요."

"문자 말고 전화를 걸어. 보나 마나 그 백수 놈 자빠져 자느라고 핸드폰도 안 보는 모양이니까 전화 걸어서 당장 오라고 해. 네 언니는 또 왜 안 와?"

"일이 있대요."

"무슨 큰일이라고! 제 엄마가 먼저지! 어떻게 자식들이 하나같이……."

하나같이 자신을 실망시킬 수가 있냐는 한탄이 또 시작될 참이었다.

"이정숙 씨 보호자분!"

넷 중 한 자식만 잘못해도 독박으로 그 비난을 뒤집어써야 하는 김은희는 간호사의 부름이 그것을 막아주는 것이 너무나 고마웠다.

아버지가 달려갈 거라는 김은희의 예상과 달리, 김영춘은 김은희의 등을 떠밀었다.

"늙은이가 가면 제대로 설명도 안 해주니까 네가 가봐. 가서 네 오빠가 의사라는 말도 꼭 하고. 그래야 이것들이 제대로 한다."

지긋지긋한 아버지의 피해의식과 과시욕에 넌더리가 났다. 놀라서 바지에 오줌까지 지렸던 아버지가 가장 비싼 옷을 골라 입고, 베레모까지 쓰고 나타난 것도 우스웠다.

이제 또 아무나 붙잡고 자신이 시청의 국장으로 퇴직했

고 자신이 만든 한강 다리만 해도 몇 개라고 폼을 잡겠지.

　구급차를 타고 올 때까지 몸을 뒤틀며 헛소리를 하던 엄마가 조용히 침대에 누워 있었다. 김은희는 순간 가슴이 철렁했다. 그렇게 사느니 차라리 죽는 게 낫다고 방금까지도 수백 번 생각했는데, 막상 엄마가 정말 죽었다고 생각하니 온몸에 힘이 쭉 빠졌다. 알맹이가 없는 쭉정이가 된 것 같았다.

　"진정제 맞고 주무시는 거예요."

　의사의 말에 쭉 빠져버렸던 힘이 되돌아오는, 그런 일은 없었다. 오히려 쭉정이 같은 몸이 누군가의 입김에 공중으로 붕 떠버린 것처럼 어지러웠다.

　"다른 검사 결과 이상이 없으면 아마도 복용하시던 약 중에 서로 충돌을 일으키는 성분이 있어서 그것 때문에 경련이 일어난 게 아닐까 싶어요. 그럼 다니시는 병원의 주치의와 상의해서 약을 바꾸면 되니까 너무 걱정하지 않으셔도 됩니다."

　"네……."

　김은희의 입에서는 감사하다는 말도 다행이라는 말도 나오지 않았다. 의사가 한 말을 아버지에게 전할 때 그저 누구를 향하는지 모를 화가 났을 뿐이다.

"약 바꾸면 괜찮으실 거래요."

"이름도 없는 이런 병원 레지던트 따위가 뭘 알아?"

"아버지!"

"그 약 먹기 시작한 게 언젠데 이제 와서 문제가 생긴다는 게 말이 돼? 그러게 왜 이런 데로 왔어. 어떻게 하나부터 열까지 제대로 하는 게 없냐, 너는!"

다시 김은희의 눈앞이 깜깜해졌다.

이번에는 눈을 감은 것도 아닌데, 세상이 셔터를 내리듯 검은 막을 둘렀다. 아무 때나 불쑥불쑥 가슴속에서 치밀어 올랐던 그것들이 김은희의 목구멍을 비집고 나오려 몸부림쳤다. 그 때문에 웩, 헛구역질하는 순간 김현창이 나타났다.

"은희야!"

자식들은 이미 엄마를 떠나보낼 마음의 준비가 다 됐는데, 엄마는 다시 살아나서 병원을 나왔다. 장례식장의 상주보다 더 어두운 얼굴로 서둘러 병원을 빠져나가는 형제들 때문에 김은희는 하고 싶은 말을 꺼내지도 못했다.

더 이상은 못 하겠어. 나는 이게 한계니까 다른 사람이 모시든지 엄마를 요양원으로 보내든 해야 할 거 같아.

어쩌면 내가 그런 말을 할 줄 알고, 일부러 말할 틈을 주지 않고 도망쳤는지도 몰라. 아니, 분명 그랬을 거다. 다들 나보다 똑똑한 인간들이니, 처음부터 셋이 짜고 나를 이런 궁지에 빠뜨린 거야. 자기들이 편하려고.

나 한 사람 희생하면 다른 가족은 마음 편히 지낼 수 있다는 생각에 이 집에 들어온 건데, 철저하게 자기들만 생각하는 형제들의 이기적인 모습에 배신감이 들었다. 왜 나만 계속 이렇게 살아야 하나 회의감이 밀려왔다.

그런 줄도 모르고 김영춘은 이정숙의 상태가 전보다 더 안 좋아졌다고, 전에는 이 정도까지는 아니었는데 김은희 때문에 이 지경이 된 거라고 걸핏하면 트집을 잡았다. 듣다 못해 뭐라 반발이라도 할라치면 이정숙은 비명을 지르며 발작을 일으켰다. 김은희가 할 수 있는 거라곤 그들이 하는 말을 못 들은 것처럼 아무 반응 하지 않는 것뿐이었다.

자신은 귀가 달린 사람이 아니라 아무것도 못 듣는 깡통이라고 스스로를 세뇌하며 김은희는 입을 꾹 다문 채 밥을 차리고, 청소를 하고, 빨래를 하고, 엄마를 씻기고, 잠을 잤다. 아니, 잠들지 못했다. 잠이 오지 않았다.

술을 마셔도 수면제를 먹어도 소용없었다. 그래서 김은희는 다시 밖으로 나갔다. 그걸 알고 이정숙은 일부러 이불과 옷을 소변으로 더럽히고 밥그릇을 뒤집었다. 말 그대로 행패였다. 그러다 급기야는 거실에 자리를 편 채 밤낮

없이 거실에만 있었다. 김영춘까지 그 옆에 누웠다.

그들을 깨우지 않으려고 김은희는 계단을 살금살금 내려왔지만 현관문을 열기도 전에 그들은 귀신같이 눈을 뜨고 야단을 쳤다.

"밤중에 또 어딜 나가는 거야?"

"잠깐 바람만 쐬고 올 거니까 주무세요."

"그놈! 또…… 도, 도둑, 놈……."

그러거나 말거나 김은희는 현관문을 열고 나갔다. 뒤에서 엄마의 비명이 들렸지만 돌아가지 않았다. 김영춘이 전화를 걸어 네 엄마가 이상하다며 빨리 오라고 소리쳤지만 대꾸하지 않고 전화를 꺼버렸다.

광수네 세탁소는 늦은 밤까지 불이 켜져 있었다.

"누나 때문에…… 아니, 혹시 누나가 올까 봐 요새는 집에 안 들어가고 여기 골방에서 자."

광수와 연애까지 할 생각은 없었지만 부모의 극렬한 반대를 무릅쓰고 와서 그런지 다른 날보다 광수가 더 가깝게 느껴졌다. 시금털털한 노인네들 냄새가 안 나서, 뭘 먹다가 질질 흘리지 않아서, 했던 말을 하고 또 하지 않아서 광수가 좋았다.

"내가 지금 세상에서 제일 부러운 사람들이 누군지 알아?"

40

"누군데?"

"죽은 부모를 그리워하는 사람들. 나도 내 부모를 그리워하고 싶은데, 보고 싶다고 눈물짓고 싶은데 내 부모는 살아 있고 난 그 사람들이 지긋지긋해. 지긋지긋해서 미치겠어."

"이해해. 나도 하루에 몇 번씩 뛰쳐나가고 싶으니까."

"넌 왜?"

"고집불통 노인네가 이제 귀까지 먹어서는 전혀 말이 안 통한다니까. 이런 구식 세탁소에 누가 찾아온다고. 세탁소 때려치우고 셀프빨래방 차리면 얼마나 좋아? 힘들지도 않고 돈도 잘 벌고."

"그래도 네 아버지 솜씨가 좋아 단골이 많잖아. 우리 집도 수선이나 세탁은 다 여기에 맡기는데 없어지면 서운하지."

"서운? 그건 몇 초도 안 가. 수십 년 단골이었던 사람들도 비싸다고 이미 다 체인점으로 넘어갔어."

"하긴⋯⋯."

"세상이 달라졌는데 왜 맞출 생각을 안 하고 자식들까지 고생을 시키냐고. 아휴, 진짜 아버지만 아니었으면⋯⋯."

"그래, 맞아. 내 엄마만 아니었으면, 내 아버지만 아니었으면 이렇게 힘들진 않았을 텐데. 이혼으로 끝낼 수 있는 관계였으면 이혼을 해도 벌써 몇 번은 했을 거야."

　다음 날부터 이정숙의 입에서는 그동안 김은희가 들었
던 욕설과는 다른 말들이 튀어나왔다.
　나쁜 놈, 도둑놈, 쓰레기.
　그게 누구를 가리키는 말인지 김은희는 알고 있었기에
미친년이라는 말보다 더 듣기 싫었다. 허공에 대고 종일
그런 단어들을 끝없이 내뱉고 있는 이정숙의 입을 정말
막아버리고 싶었다. 그러다 아버지가 광수를 찾아갔다는
걸 알고 김은희는 부모에게 오만 정이 다 떨어졌다. 같이
밥도 먹고 싶지 않고 한 공간에서 숨도 쉬고 싶지 않았다.
김은희는 할 일만 하고 이층으로 올라가 부모와 함께 있
는 시간을 최대한 줄였다. 그러자 부모의 태도가 달라졌다.
　이정숙은 말 잘 듣는 아이처럼 고분고분, 김영춘은 눈물
까지 글썽거리며 약한 모습을 보였다.
　"잘난 자식들 다 소용없다. 늙고 힘없을 때 옆에 있어주
는 자식이 최고지. 우리 죽고 나면 이 집은 너한테 줄 거
야."
　그 말 때문에 김은희는 솔직히 기분이 좀 풀렸다. 지금
까지 한 번도 지지 않으려던 부모가 자존심을 꺾고 태도
를 바꾼 것이, 겉으로 내색은 안 해도 속으로는 집을 물려

줄 만큼 자신에게 고마워한다는 사실이 감격스럽고 뿌듯했다.

하지만 얼마 되지 않아 그것은 자신의 오해였다는 걸 깨달았다. 그 노인네들은 그들이 원하는 대로 자신을 조종하기 위해 집을 미끼로 던진 거였다. 조금이라도 김은희가 섭섭하게 굴면 그들은 야멸차게 계산기를 들이대며 협박했다.

"우리가 살아봤자 기껏해야 10년, 그럼 이 집값을 10으로 나눠도 연봉 2억이 넘어. 하루도 안 쉬고 밤에 잠 안 자고 일해도 너 그 돈 못 번다. 그런데 힘들긴 뭐가 힘들다고 동네방네 떠들어대? 병든 부모 놔두고 얼어 죽을 놈의 무슨 연애질이야! 그런 건 우리 죽고 나면 해!"

아버지의 계산법이 아주 틀린 건 아니라고 김은희도 생각했다. 그녀도 세상살이가 녹록지 않다는 것을 겪을 만큼 겪었고, 아버지보다 더 야박한 고용주도 숱하게 보았으니까. 그런데 다른 사람도 아닌 내 부모가 그런 계산서를 들이민다는 게 김은희는 경악스러웠다. 가족이라서 그 치사하고 더러운 기분은 몇천 배로 더 컸고 생각할수록 그 야비함에 치가 떨렸다. 그럴수록 그녀는 일부러라도 부모가 싫어하는 광수를 만나러 갔다.

"그 노인네들 왜 내가 널 만나는 걸 싫어하는지 알아?"

"그거야 내가 뭐 가진 것도 없고, 미래도 없어 보이니까……."

"아니, 그래서가 아냐."

"그럼?"

"내가 너랑 결혼이라도 한다 그러면 자기들이 마음대로 부려먹을 수 있는 노예가 없어지니까."

"설마."

"아니, 내 생각이 맞아. 광수야 나 좀 구해줘, 제발. 이렇게 살다가는 내가 무슨 짓을 저지를지 몰라."

"누나, 그게 무슨 소리야?"

"하루에도 열두 번씩 내가 무슨 생각 하는지 아니? 이놈의 집구석에 싹 불 질러버려야겠다는 생각."

정말이었다. 늙고 병들었어도 이깟 집 한 채 있다고 잘난 척하고, 자신을 지배하려는 그 노인네들한테 그렇게 해서라도 자신이 받은 상처를 되돌려주고 싶었다. 이 지긋지긋한 생활을 그렇게라도 끝내고 싶었다.

"누나 혼자 힘들어하지 말고 형제들한테 도움을 요청해 봐. 누나만 자식이야?"

"그래봤자 바뀌는 건 없어. 이렇게 될 줄 모르고 이 집에 들어온 내 잘못이고, 내 탓이지. 이렇게 살기 싫은데, 정우 때문에 당장 나갈 수도 없어."

"정우가 왜?"

"걔는 여기 사는 걸 좋아하거든. 정우 앞에서는 힘든 내색도 못 하겠어."

"그런다고 모를까? 정우도 중학생이잖아."

"그래서 버티는 거야. 우리 정우 고등학교 졸업할 때까지만 어떻게 견뎌보려고. 근데 왜 이렇게 하루가 안 가니? 하룻밤을 보내는 게 왜 이렇게 힘드니?"

"누나 너무 지쳤어. 좀 쉬어야 돼. 우선 나랑 며칠 여행이라도 다녀오자."

"우리 집 노인네들이랑 정우는 어쩌고?"

"정우 다음 주에 수학여행 간다고 하지 않았어? 그때 가면 되겠네. 누나네 부모님은 다른 형제들한테 며칠 봐달라고 하고. 누나가 하기 힘들면 내가 현기한테 말할게."

며칠 후, 동생 현기가 전화해 다짜고짜 화를 냈을 때 김은희는 마트에서 기저귀를 사던 중이었다. 일부러 그러는 건지 정말 몸이 더 망가져 그러는 건지 하루에도 몇 번씩 실수하는 엄마 때문에 하는 수 없이 기저귀를 쓸 생각이었다.

"왜 하필 광수야? 쪽팔리게 왜 하필 내 친구랑 연애질이냐고!"

"내가 광수를 만나는데 네가 왜 쪽팔려?"

"그 새끼 고등학교 졸업하자마자 여자 임신시켜서 결혼 했던 거 몰라? 물건 빼돌리다 직장에서도 잘리고 지 아버지 세탁소에서 심부름이나 하는 놈을, 하다 하다 이젠 만날 남자가 없어서 그런 시답잖은 새끼랑 노는 거야?"

"말 함부로 하지 마. 결혼도 취직도 아무것도 안 해본 너보단 나아."

마트에서 돌아오는 길에 김은희는 광수의 세탁소에 들렀다. 광수의 얼굴 한쪽에 시퍼런 멍을 보자마자 현기의 짓임을 직감했다. 순간 손이 부르르 떨렸다. 업어 키우다시피 한 현기까지 늙은 부모와 한편이 돼 자신을 이 집에 가둬두려고 광수를 핍박하는 것 같아 피가 끓었다. 이제는 그 노인네들 죽든 말든 자신도 다른 형제들처럼 이기적으로 살겠다는 오기가 솟구쳤다.

"이번에 아버지 생신만 지나면 나도 정우 데리고 나갈 거야. 정우도 제 엄마가 미치는 것보다는 그게 낫겠지."

광수는 잘 생각했다고 김은희를 응원했다.

"막상 누나가 없으면 누나네 부모님도 마음 바꾸실 거야. 요양원에 들어가시든 다른 자식들 집으로 가시든 하겠지."

"몰라. 더 이상은 나도 신경 안 쓸 거야, 어떻게 되든."

김영춘의 생일날, 김인경이 퇴근 후에 찹쌀떡을 사가지고 찾아왔다. 주방에서 김은희가 저녁상을 치우는 동안 김영춘과 이정숙은 오랜만에 찾아온 큰딸을 붙들고 앉아 그동안 김은희 때문에 속 썩은 일들을 고자질했다.

"은희 처음 결혼할 때도 네 엄마가 사람이 별로라고 얼마나 반대했었냐. 그래도 말 안 듣고 기어코 결혼하더니만 이혼까지 해놓고 아직도 정신 못 차렸다니까."

"하필, 도둑, 놈을……."

그동안 김은희 때문에 밤잠을 설쳐 해쓱해진 얼굴로 이정숙은 김인경의 손을 붙잡았다.

"말, 말……."

"말?"

"너보고 은희 말리란 얘기야."

김영춘의 통역에 이정숙이 고개를 끄덕거렸다.

부모의 지시를 받고 김인경은 김은희가 있는 주방으로 갔다. 김인경은 설거지하는 김은희 옆에 서지 않고 식탁 의자를 빼고 앉았다.

"힘들지?"

김은희는 돌아보지 않고 대답만 했다.

"응."

"우리 시아버지도 돌아가시기 전에 몇 년이나 자리보전

했잖아. 엄마보다 더 심해서 그 양반은 똥오줌도 못 가렸
었어."

"그래서?"

"응?"

자주 찾아와 도와준다던 말은 싹 잊어버리고 1년에 몇
번 올 때마다 손님처럼 있다 가는 언니가 꼴 보기 싫었다.
그래서 마주 보지 않으려 등을 돌리고 있었지만 언니가 성
질을 돋우는 바람에 김은희는 고무장갑을 낀 채 돌아섰다.
그새 보톡스라도 맞았는지 언니 미간에 주름이 사라진 게
첫눈에 들어왔다. 그 모습에 김은희는 미간을 찡그렸다.

"그래서 무슨 말이 하고 싶은 건데? 엄마는 똥오줌은 가
리니까 괜찮다, 그 말이 하고 싶은 거야? 근데 어쩌냐. 우
리 엄마도 이제 똥오줌 잘 못 가리는데."

"진짜야? 그래서 내가 애초에 요양병원으로 모시자……."

"그래, 언니 너 잘났어. 넌 해보지 않아도 애초부터 아는
사람이고, 나는 미련하고 등신 같아서 먹어봐야 똥인지 된
장인지 구별하는 인간이야. 아니, 인간도 아니지. 단순한
아메바, 아무 생각도 없는 돌덩어리."

"엄마 아버지가 너 이상해졌다고 하더니 진짜 그러네.
너 왜 그렇게 예민하게 굴어?"

"이상해져서 그래. 제정신이 아니라서."

"부모님 말에 일일이 서운해하지 말고 네가 이해하고 참아. 늙으면 애가 된다잖아."

"두 사람은 계속 늙어갈 텐데, 그럼 나만 계속 이해하고 참으라고? 난 못 해."

"못 한다니, 무슨 뜻이야?"

"더 이상 여기 못 산다고."

"나가서 그 남자랑 같이 살게?"

"뭐?"

"아버지가 그러더라. 엄마가 그렇게 질색하는데도 네가 밤마다 도둑고양이처럼 나가서 세탁소집 남자를 만난다고."

도둑고양이라는 말이 김은희의 마음을 날카롭게 할퀴었다. 자기 앞에서 다른 형제들 흉을 보던 부모가 다른 형제들 앞에서는 자기를 비난한다는 것이 역겨웠다.

"정우 보기에 부끄럽지도 않니? 정우를 위해서라도 그럼 안 되지. 솔직히 돈 걱정, 집 걱정 안 하고 사는 것만 해도 어디니? 게다가 아버지는 나중에 이 집도 너한테 줄 생각이라고 하시던데."

"그렇게 집 탐나면 언니가 부모님 모셔. 괜히 정우 끌어들이지 말고!"

"애가 정말 심각하네. 너 왜 그래? 내가 너한테 뭐 잘못했어?"

"됐어, 관둬. 말하기도 싫으니까."

더 이상 말 시키지 말라는 뜻으로 김은희는 돌아서서 다시 설거지를 시작했다.

"김은희, 나중에 부모님 돌아가시고 후회하지 말고 계실 때 잘해."

"풋, 누가 선생님 아니랄까 봐 교과서적인 얘기 하고 있네."

"뭐? 너 지금 뭐라 그랬어?"

줄줄 흐르는 수돗물에 요란스럽게 그릇을 헹구며 김은희는 목소리를 더 높였다.

"살아 계실 때 효도해라. 그런 말 하는 사람들은 죄다 효도라고는 눈곱만큼도 안 해본 사람들이야. 해봤으면 그게 얼마나 징글징글한 건지, 기약 없는 지옥인지 아니까 그런 말 못 하지. 그래서 세상에는 효도하는 사람들보다 후회하는 사람들이 더 많은 거야. 그게 효도보다 훨씬 더 쉽고 짧으니까. 나도 빨리 좀 그래봤으면 좋겠다. 눈물 질질 흘리면서 돌아가시기 전에 효도할 걸, 그렇게 후회하는 날이 제발 하루라도 빨리……."

그 순간 김은희에게 무언가가 날아왔다. 식탁 앞에 앉아 있던 김인경이 던진 것인지, 거실에 있던 김영춘이 던진 것인지 김은희는 알지 못했다. 빨리 끝내고 이곳을 벗어나자는 생각에 설거지를 서두르고 있었으니까.

어디선가 날아온 컵이 김은희를 비껴가 싱크대를 맞고 깨졌을 때, 개수대에는 아직 헹구지 않은 수저와 주걱, 식칼만 남아 있었다.

김현창

아버지의 전화를 받고 김현창이 부모님 집에 도착한 건
저녁 9시 무렵이었다. 평소 출퇴근 시간을 이용해 논문
을 읽으려고 지하철을 이용하는지라, 지하철역에서 내려
20분 넘게 걸어 올라왔다. 대문 앞에 선 김현창의 호흡이
거칠었다.

10년 전만 해도, 아니 5년 전만 해도 이렇지 않았었는데.

자신의 신체 변화를 느낄 때마다 이런 말을 하는 건 쉰
을 지난 다음부터 생긴 김현창의 버릇이었다.

이제는 자신도 노화의 길에 들어섰다. 그 끝에는 죽음
이 있다는 걸 알고 사는 것이 중요한 나이인 것이다. 이번
주 신문사에 보낼 칼럼의 요지도 같은 내용이었다. 자본주

의와 결탁한 병원은 죽음에 대한 공포를 조장해 돈벌이를 하려 한다. 사람들은 자신이 그 돈벌이에 이용당하는지도 모른 채 이 검사 저 검사 받으며 병원을 전전하며 노년을 보내다 죽는다. 자신을 구원하기 위해서는 죽음을 두려워하지 말아야 한다고 김현창은 늘 강조했다.

병원에서 그런 김현창을 곱게 볼 리 없었다. 그래서 중요한 보직을 맡기지 않았지만 김현창은 개의치 않았다. 병원 일에 많은 시간을 뺏기는 것보다 논문을 읽거나 쓰는 게 좋았다.

오랜만에 부모님 집에 온 이 순간에도 빨리 여기 일을 마치고 집으로 돌아가 아침에 읽다 만 논문을 봐야 한다는 생각에 김현창은 마음이 바빴다.

초인종 대신 비밀번호를 누르고 대문을 열었을 때, 마당 여기저기에 붉은 덩어리들이 흩어져 있었다. 거기서 느껴지는 기이한 살기 때문에 김현창은 당황했다.

밤이 깊어 집에서 흘러나오는 불빛만으로는 그것의 정체를 알 수 없어 김현창은 핸드폰 플래시를 켰다. 그리고 자신을 놀라게 한 그 붉은 덩어리가 어른 주먹만큼이나 크게 핀 자목련꽃이란 걸 알았다. 바닥에 나뒹굴고 있는 꽃송이들은 누군가의 발에 짓이겨진 것들도 있지만 나무에 달렸을 때처럼 싱싱하고, 아직 피지 않은 꽃봉오리들도 많았다. 김현창은 의아했다. 저절로 떨어진 게 아니라 누군가 일부러 떨어뜨린 게 분명했기 때문이다.

마당 한가운데 있는 자목련을 향해 김현창이 핸드폰 플래시를 비추자 칼에 잘리고 꺾인 흉한 실루엣이 드러났다. 나무를 향해 좀 더 가까이 접근하다 김현창은 헉, 숨을 삼키고 걸음을 멈췄다. 꺾인 줄기 아래 나무의 몸통에 식칼이 꽂혀 있었다.

나무가 피를 흘릴 리 없는데, 나무 아래 수북하게 쌓여 있는 자줏빛 꽃잎들이 피처럼 섬뜩하게 보여 김현창은 한 걸음 뒤로 물러났다.

이게 도대체 어떻게, 아니 누가 이런 짓을.

그제야 울먹이며 빨리 집으로 오란 말만 하던 아버지의 전화가 심상치 않게 느껴졌다. 평소에도 걸핏하면 엄마가 이상하다고, 엄마가 위독하다고 시시때때로 전화하던 아버지라 오늘도 별일 아닐 거라 여겼다. 솔직히 말하면 오늘이 아버지 생신만 아니었으면 김현창은 여기 올 생각도 하지 않았을 것이다.

4년 전, 이정숙의 뇌경색이 심방세동 때문에 생긴 것 같다는 신경외과 전문의의 소견을 들은 다음부터 김영춘은 이정숙을 저런 불구로 만든 건 김현창이라고 원망했다. 아들이 우리나라 최고 대학을 졸업한 의사에다가 심장내과 전문의인데 제 엄마의 심장에 문제가 생긴 것도 몰라 뇌경색까지 오게 했다고 비난했다.

김현창은 억울했다. 아무리 자신이 심장내과 의사라 해도 아무 증상도 없는 간헐적인 심방세동은 정밀한 검사가 아니면 알 수 없는데 어떻게 그걸 몰랐다고 탓할 수 있는지. 하루에도 수십 명씩 외래환자를 진료하고 그들의 심장 소리를 듣는 김현창이지만 부모의 육체는 자식에겐 가장 먼 법이다. 사실 중학교 이후로 김현창은 어머니의 손을 잡아본 기억도 없었다. 어머니가 쓰러지기 전까지는. 아버지도 마찬가지였다. 어머니의 심방세동도 몰랐던 자식이 무슨 의사냐고 욕하는 아버지도 김현창이 자신의 몸을 살피려고 하면 질색하며 두 손을 내저었다. 이제 자기까지 환자 취급하려는 거냐면서 호통을 치고, 자기 몸속 어딘가에 엄청난 비밀이라도 숨겨놓은 사람처럼 옷깃을 여몄다.

그렇게 늘 기운 넘치던 아버지가 오늘은 완전히 다른 사람처럼, 불안에 떠는 어린아이처럼 울먹거리면서 빨리 집으로 와달라 부탁했던 게 이제야 신경 쓰이고 불길하게 느껴졌다. 김현창은 나무에 박혀 있는 칼을 빼지 않았다. 더 큰 참극이 집 안에 펼쳐졌을지도 모르고, 그렇다면 자목련을 이렇게 훼손시킨 자가 범인일 가능성이 있으니 함부로 손을 대면 안 되겠다 생각했다.

그 순간, 삐거덕 소리를 내며 현관문이 열리는 바람에 김현창은 화들짝 놀랐다. 본능적으로 가방을 내려놓고 방어 자세를 취했지만, 열린 현관의 불빛을 배경으로 검게 보이는 형체는 김현창에게도 낯익은 사람, 아버지였다.

"은희가 그랬어. 내가 걔 제정신이 아니라고 몇 번이나 그랬잖어. 그런데도 나 몰라라. 이게 다……."

또 너 때문이라는 말이 나올까 봐 김현창은 얼른 말을 잘랐다.

"어머니는 괜찮으세요?"

"집이 이 꼴인데 괜찮을 수가 있겠냐?"

그 말에 내려놓았던 가방을 집어 들고 김현창은 서둘러 집 안으로 들어갔다. 거실에 자리를 펴고 누워 있는 이정숙의 시선은 티브이를 향해 있었다. 평소처럼 반가운 기색을 얼굴 가득 드러내지는 않았지만 특별히 이상한 점은 보이지 않았다.

김현창은 어머니의 손발을 만져보고 혈압부터 재보았다. 그러자 잠시 놀랐던 마음이 착 가라앉았다. 김현창은 쓰러지기 전의 어머니보다 지금의 어머니를 대하는 게 편했다. 어머니가 아니라 환자라고 생각하기 때문이었다. 사람을 대하는 건 늘 어렵고 어색한데, 환자를 상대하는 건

몸에 밴 습관이 되어 책을 읽는 것처럼 쉬웠다.

"어디 불편한 데는 없으세요?"

이정숙은 티브이를 볼 때와 똑같은 시선으로 김현창을 바라보다 입을 열었다.

"떡, 인깅……."

"인경이가 사 온 찹쌀떡 먹으란다."

뒤따라 들어온 김영춘이 소파에 털썩 주저앉으며 찹쌀떡을 내밀었다. 아직 비닐도 뜯지 않은 상태의 상자 안에는 찹쌀떡 네 개가 들어 있었다.

"어머니는 이런 거 드시면 안 돼요. 먹다가 목에 걸리면 큰일 나니까. 누나는 생각도 없이 뭘 이런 걸 사가지고 왔대요."

"그래도 지 아비 생일이라고……."

김영춘은 한숨을 푹 내쉬며, 거실과 연결된 주방 바닥으로 시선을 돌렸다. 깨진 컵 조각과 붉은 핏방울이 싱크대 아래 점점이 흩어져 있었다.

"나이 여든 넘어 생일파티 한번 참 요란하게 치렀다. 치우려고 하다가 너무 엄두가 안 나서 관뒀어."

오늘따라 유독 약한 척하는 아버지가 이상했다. 자초지종을 다 들어도 마찬가지였다

아버지 생신이라고 찹쌀떡을 사 온 누나와 은희 사이에

말다툼이 일어났다. 누나가 컵을 던져 깨지고, 은희가 그 깨진 컵을 밟아 피가 조금 났다는 게 오늘 있었던 사건의 실체였다. 그러던 중 누나가 전화를 받고 가버리자 분을 삭이지 못한 은희가 칼을 들고 나가 마당의 자목련에 화풀이를 했다. 그게 평범한 행동은 아니지만 아버지가 갑자기 당장 은희를 정신병원에 데리고 가라고 할 만큼 큰일은 아니라는 게 김현창의 의견이었다.

"그래서 은희는 어디 있어요?"

"나갔다."

"그놈, 그 도둑, 놈……."

힘없던 이정숙의 눈이 노기로 반짝였다.

"어머니가 무슨 말씀 하시는 거예요?"

"은희가 또 그놈 만나러 나갔다는 말이야."

김영춘은 그것도 모르냐는 투로 목소리에 짜증을 담았다.

"그놈이 누군데요?"

"뭐? 내가 너한테 몇 번을 말했는데……. 우리 집에 있던 비디오가 없어졌다고 내가 말 안 했냐. 그런데 그게 그놈 세탁소에 가 있더란 말이지……."

분명 아버지가 그런 얘기를 했던 것 같다. 그런데 자신이 기억하지 못하는 건 제대로 듣지 않았기 때문일 것이다. 김현창은 아버지에게 전화가 걸려 오면 받지 않거나,

받아도 핸드폰을 멀리 두고 대충 듣는 척만 했었다. 그러지 않으면 스트레스를 받으니까.

심장은 스트레스에 가장 예민한 장기다. 그러니 스트레스를 받지 않기 위해 스스로 노력해야 한다. 자신의 진료실에 찾아오는 사람들한테 하루에도 수십 번씩 김현창이 하는 말이고, 그걸 실천하기 위해 나름 터득한 방법이었다. 스트레스의 근원과는 되도록 멀리 거리를 두고 접촉하는 횟수를 최소한으로 줄이는 것.

김현창에게는 대부분의 사람이 그런 존재였다. 그래서 걸려 오는 전화를 다 받지도, 참석해달라는 모임에 다 가지도 않는다. 지금도 눈앞에서 아버지가 뭔가 한참 이야기하고 있지만 김현창은 머릿속으로 다른 생각을 했다. 오늘 쓸 칼럼의 마무리는 좀 더 임팩트 있게 하고 싶은데 어떤게 좋을까.

"너도 은희처럼 귓구멍 처닫고 부모 말은 개소리로 듣는 거냐?"

호전적인 그 목소리 때문에 김현창은 자신이 부모님 집에 와 있다는 걸 인식했다. 다른 때와 달리 아버지가 화를 내니 오히려 반가웠다. 아까처럼 부모가 약한 모습을 보이면 발 돌리고 나가기가 더 어렵기 때문이다. 어머니의 몸상태도 전보다 나빠진 징후는 보이지 않으니 이제 그만 가봐야겠다는 인사를 하고 나가면 된다. 김현창이 그런 생각을 하고 있을 때 김영춘이 뭔가 떠오른 듯 눈을 깜빡거리다 갑자기 고함을 질렀다. 그러고는 김현창의 가방을 멱살 잡듯 움켜쥐고 말했다.

"네 누나한테 무슨 일이 있는 게 분명해. 집에 올 때부터 얼굴이 노랗게 떠 있던 애가 변호사 전화받자마자 허겁지겁 달려 나갔다니까!"

"누나가 어련히 알아서 잘하겠죠."

"그럼 은희는? 그놈이 우리 집을 망치려고 아주 작정을 하고 은희한테 들러붙어 있어. 그놈한테 미쳐서 은희는 제 부모 말도 안 듣고 아주 정신이 나갔는데!"

"흥분하지 마시고 편하게 말씀하세요. 혈압도 있으신데 그렇게 버럭 하시는 거 안 좋아요. 그리고 은희가 하는 대로 그냥 놔두세요."

"뭐? 너는 마당에 저 나무, 저 꼴 보고도 그 소리가 나오냐? 그냥 놔두란 말이 나와?"

"은희도 스트레스 많이 받겠죠. 그래서 그런 거니까 너무 걱정하실 거 없어요."

"스트레스는 저만 받냐? 우린 안 받아? 은희 때문에 밥도 못 먹고 잠도 못 자서 우리도 죽을 지경이야."

"그러니까 그냥 놔두시라고요. 은희가 누굴 만나러 나가

거나 말거나 신경 쓰시지 말고요."

"어떻게 부모가 자식 잘못되는 걸 그냥 보고만 있어?"

"그 생각을 버리세요."

"뭐?"

"우리가 부모님께 바라는 건 그거 딱 한 가지예요. 우리를 도와주시려고 할 필요도 없고, 걱정해주실 필요도 없어요. 정말 자식들을 위한다면 그냥 조용히 자식들이 하자는 대로 해주시기만 하면 돼요."

"가만히, 조용히, 그렇게 있는 게 산 사람이냐? 죽은 사람이지. 아직 숨도 안 넘어갔는데 왜 우릴 시체 취급해!"

"그런 게 아니라, 저는 순리에 대해서 이야기하는 거예요."

"뭐, 순리?"

늙으면 생에 집착하는 대신 다음 세대에 자리를 내주고 조용히 비켜주는 것, 그것이 인간의 순리고 최고의 유산이다. 어차피 사람은 누구나 죽는다. 그저 그 과정에 있을 뿐인데 그걸 인정하지 않는 사람들 때문에 비싼 의료장비가 동원되고 다른 데 투입되어야 할 인력이 낭비되고 환경을 오염시킨다. 죽음에 대한 인식을 바꾸는 것, 그것은 이제 우리 인류와 지구를 구하기 위한 혁명이다.

김현창은 부모님 집을 나오면서 칼럼의 마지막 부분에 이런 말을 첨가해야겠다고 생각했다. 좀 더 있다 가길 원하는 부모님의 마음을 알기에, 그 마음을 거역하고 한 시간도 머물지 않고 대문을 나선 자신을 합리화하기 위해 김현창은 일에 몰두하고 싶었다. 하지만 부모님 집에 들어섰을 때의 황량함과 쓸쓸함이 가슴 깊은 곳에 침전돼 있어 자기 집에 도착해서도 바로 일을 시작할 수는 없었다.

김현창은 기분 전환을 하기 위해 파바로티의 〈남몰래 흐르는 눈물〉을 들었다. 1절이 지나가고 2절이 시작되자 이제 곧 자신이 좋아하는 부분이 나올 거란 기대감에 그는 가슴이 설렜다. 김현창은 심호흡하고 파바로티의 절규를 따라 했다.

"Di piu non chiedo, non chiedo. Si puo morir. Si puo morir."

부모님에게도 이 노래를 들려주고 싶었다. 더 이상 무엇도 바라지 않는다고, 욕심을 버리고 죽을 수도 있다는 이 외침을 들어보라고, 이게 바로 감동 아니냐고, 당신들도 그렇게 살아달라고 호소하고 싶었다.

하지만 그보다 더 급한 건 허기를 달래고 자정까지 신문사에 보내기로 한 칼럼을 마무리하는 것이었다. 김현창은 서재에서 나와 주방으로 들어섰다. 집에 들어올 때도 아내는 보이지 않았는데, 아직도 오지 않은 모양이었다.

아내가 지금 어디서 뭘 하고 있는지 궁금해하는 대신 김현창은 라면을 끓이기 위해 냄비에 물을 담았다. 병원 일과 학회 모임 등등으로 평소 집에서 저녁을 먹는 건 한 달에 다섯 번 될까 말까 한데 아내가 차려준 밥상을 못 받고, 직접 라면을 끓여 먹는다는 게 좀 서운했다. 칼럼 때문에 병원 사람들에게 눈총을 받게 된 다음부터 생긴 피해의식 때문인지도 모른다. 사람들에게는 보직을 맡지 않으니 시간이 많아 진리 탐구에 더 매진할 수 있다고 큰소리쳤지만 젊은 후배들이 자기보다 다른 의사에게 더 깍듯하게 대하는 것 같고, 오래 함께해온 동료 의사들마저 왠지 자신을 따돌리는 것 같은 기분이 최근 자주 들었다. 칼럼이 실린 신문을 들고 와 직접 따지는 환자들도 있었다.

"늙어서 기능이 떨어지는 건 자연스러운 거지 질병이 아니라면서요? 질병도 아닌데, 그럼 뭐 하러 비싼 돈 내면서 치료를 받아야 하나요?"

"치료가 아니라 불편하지 않게 증상을 조금 완화시키는 거죠."

"선생님, 저는 그런 건 원하지 않아요. 병을 뿌리째 싹 뽑아내려고 여기까지 찾아온 겁니다."

인간의 몸은 그렇게 새것처럼 만들어 쓸 수 없는 거라고, 흡연, 음주, 과로, 비만보다 우리 몸에 가장 부정적 영

향을 주는 건 '나이'라고 아무리 설명을 해도 노인들은 대부분 받아들이지 않았다. 그래서인지 김현창을 찾아오는 환자 수도 많이 줄었다. 대신 김현창의 칼럼을 좋아하고, 그를 지지하는 팬들이 생겼다. 그들의 응원 댓글을 읽는 게 요즘에 새로 생긴 낙이라 그는 라면을 먹으면서도 시선은 핸드폰에 두었다.

─교수님의 글에 깊이 공감합니다.

─선생님 덕분에 어떻게 죽을 것인가 미리 생각할 수 있게 되었어요.

─죽음은 끝이 아니라 삶의 일부라는 말씀 명심하겠습니다.

이런 댓글을 읽으면 김현창의 입꼬리엔 미소가 걸렸다. 그런데 사뭇 결이 다른 댓글 하나가 보였다.

─위선자 김현창은 입을 닥쳐라.

그걸 보자마자 김현창은 입맛이 뚝 떨어져 젓가락을 내려놓았다. 세상 모든 것에 한발 뒤로 물러나 살고 있다고, 그래서 감정이 크게 상하지도 않고, 스트레스도 받지 않고 산다고 장담했는데, 이건 예상하지 못했던 기습 공격이라 미처 피할 수가 없었다. 막상 한 번 찔리고 보니, 어디 한 번 더 아프게 해보라는 심리가 발동해 김현창은 지난 칼럼들의 댓글까지 모조리 찾아 읽었다. 혹시나 했는데 그곳에도 같은 아이디가 남긴 댓글이 있었다.

　―돌팔이, 불효자 주제에 뭘 잘했다고 나불거려!

　자신에게 이런 비난을 할 사람은 이 세상에 딱 한 사람밖
에 없었다. 바로 아버지. 아니라고 믿고 싶었지만 액정 속
검은 글자는 며칠 전 전화로 들은 아버지의 말과 똑같았다.

　다른 사람도 아닌 부모가, 온 세상이 보라고 이런 악성
댓글을 달았다는 게 김현창은 끔찍하고 부끄러웠다. 오늘
보낼 칼럼에도 또 그런 댓글이 달릴 거라 생각하니 칼럼
을 마무리하려던 의욕이 사라지고 가슴이 뻐근했다. 심장
은 정직하다. 사람의 감정을 있는 그대로 반영하고 그 흔
적을 간직한다. 그것에 매력을 느껴 심장내과를 선택한 김
현창이기에 이런 댓글을 달 때의 아버지 심장이 어땠을지,
초음파 검사기의 모니터를 보고 있는 것처럼 눈앞에 선했
다. 흥분에 차 꿈틀꿈틀 온몸으로 시뻘건 피를 뿜어대는
그것은 분명 흉악한 악의로 가득 차 있었을 것이다.

　그래서 아버지는 그렇게 자기 몸을 안 보여주려고 했구
나. 수류탄을 품에 안고 적진에 뛰어드는 게릴라처럼, 그
악랄한 심장으로 자기에게 상처를 주려고.

　아버지가 그러는 건 자신이 장남인데 부모를 모시지 않
는다는 서운함이 가장 큰 비중을 차지하니 아내에게도 책

임이 있었다. 아내는 맏며느리라는 말도 장남이라는 말도 싫어해 사람들이 자기 앞에서 그런 말을 쓰거나 티브이나 신문에서 그런 말이 나올 때면 눈살을 찌푸렸다.

"조선시대도 아니고, 왜 구시대적인 말을 아직도 쓰는지 모르겠어. 요즘은 부모 유산도 아들딸 공평하게 나눠 받는 시대인데 장남이란 말처럼 웃긴 게 어딨어? 첫째로 태어난 것도 아닌데 아들이란 이유만으로 장남, 장남……. 그리고 그 장남이랑 결혼하면 또 무조건 맏며느리래."

장남과 결혼해 맏며느리가 된 부담감 때문에 아내가 그 단어들에 예민한 반응을 보이는 것은 아니었다. 결혼하기 전까지는 김현창도 자기 부모가 그렇게 고지식하고 속물적인지는 몰랐다. 자기 앞에서는 그런 모습을 보이지 않으면서 아내 앞에서만 그런다는 게 믿기지 않았다.

"현창이 의대 합격했을 때 사람들이 축하 전화 하면서 가장 많이 한 말이 뭔 줄 아니? 이제 의사 며느리까지 얻으실 테니 미리 또 축하드려야겠네요."

의사가 아니라 간호사 며느리인 아내로서는 기분 좋게 들리지 않을 이야기였다. 누구보다 영렵해 사람의 마음을 잘 살피고 세심하게 신경 쓰는 어머니가 왜 아내 앞에서는 그러지 못하는지 안타까웠지만, 아내는 시어머니가 자신을 무시해 일부러 그러는 거라고 단정했다. 김현창은 아내의 말에 일일이 반박하지 않았다. 부모님이 별생각 없이 하는 말이니까 그냥 이해해드리자는 말도 한계가 있었다.

첫딸을 낳은 뒤에 어렵게 가진 둘째를 유산했을 때, 갈등은 더 심해졌다. 이번엔 분명히 아들이었는데 며느리가 큰일 한답시고 무리해 이런 사태가 벌어진 거라는 어머니의 말 때문에 아내는 깊은 상처를 받았다.

시댁에 가고 시부모를 만나는 일이 아내에게 엄청난 스트레스라는 걸 알고 있었기에 김현창은 되도록 아내가 부모님과 마주치지 않게끔 배려했고 집안 행사가 있을 때도 혼자만 참석했다. 그러다 자연스레 김현창도 처가의 행사에는 참석하지 않게 되었다. 자기 부모, 자기 가족은 자기가 알아서 하는 것. 그것이 부부의 불문율이 되었다.

그것에 한 번도 불만을 가진 적 없다고 말하면 거짓말이다. 부모, 형제를 만날 때마다 눈치가 보였다. 그들이 탓하는 기색을 드러내기라도 하면 김현창은 일부러 더 정색하고 목소리를 높였다.

"부모님 생신상을 왜 며느리가 차려야 돼? 우리 부모가 먹이고 키운 사람은 우리들인데 왜 그 대접을 아무것도 해준 것 없는 며느리한테 받으려고 들어."

덕분에 학교 여제자들에게 페미니스트 교수님, 멋쟁이 교수님이라는 말도 들었지만 부모님을 뵐 때마다, 부모님을 모시느라 힘들어하는 은희를 볼 때마다 자기도 모르게 미안함이 드는 건 어쩔 수가 없었다. 아내가 거부감을 가지고 있든 말든 자신은 이 집안의 장남이기에.

은희는 집에 돌아왔을까.

새삼 걱정이 돼 김현창은 김은희에게 전화를 걸었지만 받지 않았다. 내친김에 김현창은 아내에게 전화를 걸었다. 그런데 아내 역시 받지 않았다. 사람들이 일부러 자기 전화를 받지 않는 것처럼 느껴져 기분이 좋지 않았다.

고등학생인 딸이 집으로 들어와 건성으로 인사하고 자기 방으로 가는 모습도 오늘따라 눈에 걸렸다. 평소라면 학원 다녀오느라 피곤해서 그렇겠지, 하고 넘어갔을 텐데 오늘은 그렇게 되지 않았다. 김현창은 딸의 방문을 노크했다.

"왜요?"

문을 여는 딸의 반응이 까칠해 기분은 더 나빠졌다.

"엄마 어디 가셨는지 알아?"

"외할머니한테 가셨겠죠. 서울에 검사받으러 올라오셨잖아요."

그것도 모르냐는 투로 노려보는 딸의 표정이 김영춘과 닮아서 김현창은 움찔했다.

"검사? 무슨 검사?"

"그걸 왜 나한테 물어요."

그 말을 끝으로 딸은 문을 쾅 닫았다. 김현창은 문을 열고 버릇없이 부모한테 이게 뭐 하는 짓이냐고 버럭 소리치고 싶은 걸 겨우 눌러 참았다. 자신의 아버지라면 분명 그렇게 했을 것이다. 그 생각이 김현창에게 자제심을 발휘하게 했다.

김현창은 아버지와는 다른 아버지, 자기 부모와는 다른 부모가 되고 싶었다. 그게 정확히 어떤 아버지, 어떤 부모라고 정의할 수는 없지만 적어도 평생 자식만을 위해 아등바등 살다가 늙고 병들자 왜 너희들은 우리한테 받은 걸 돌려주지 않냐고 원망하는 부모는 아니었다.

이제 그런 세대는 끝났다. 자신은 권위적인 부모가 아니라 자식과 친구처럼 지내는 부모로서 성숙한 인생을 살아갈 것이다.

학창 시절 영어 단어를 외우기 위해 백지에 한 단어를 수백 번 쓰고 또 겹쳐 써 흰 종이를 까맣게 만들었던 것처럼, 그 생각을 마음속에 쓰고 또 썼지만 불쾌감은 끝내 사라지지 않았다.

이젠 딸까지도 자신을 무시하는 건가.

원치 않는 생각에서 벗어나기 위해 다시 서재로 들어갔을 때 아내에게서 전화가 걸려 왔다.

"어디야?"

"……밖에 일이 있어서 조금 있다가 갈 거야."

병원이라 말하지 않고 두루뭉술하게 말하는 아내 때문에 애써 눌러놓은 화가 다시 부풀어 올랐다.

"장모님 무슨 검사 받으러 올라오신 거야?"

"그걸 어떻게……."

"무슨 검사냐니까!"

"위암 검사. 계속 소화가 안 돼 동네 병원에 갔더니 큰 병원에 가보라 했다고 며칠 전에 올라오셨어."

"뭐?"

그렇게 큰일이 있었는데, 그것도 다른 일도 아니고 병원과 관련된 일인데 자기한테는 말 한마디 없이 일을 처리했다는 것에 김현창은 기가 막혔다.

"어느 병원이야?"

"당신 병원은 아니야."

"내가 알까 봐 일부러 다른 데로 모시고 갔냐? 아니면 나 병원에서 미운털 박힌 놈이라는 거 당신 가족한테 들키면 창피해서?"

"여보……."

"거기 어디야? 어딘지 말하라고!"

엘리베이터를 타고 주차장으로 내려가면서 김현창은 거울에 비친 자신의 얼굴을 보았다. 이렇게 흥분해 시뻘겋게 달아오른 얼굴을 보는 건 정말 오랜만이었다. 4년 전 어머니가 쓰러졌을 때가 마지막이었다.

병원에서 더 이상 할 수 있는 게 없으니 퇴원하라고 하자, 아버지는 이런 상태로 네 엄마를 퇴원시킬 수 없다고 화를 내며 김현창에게 무슨 수든 써보라고 강요했다.

"너는 그 좋은 대학 나와서 빽도 없고 줄도 없냐? 아니다. 네가 능력이 없는 게 아니라 그러고 싶은 마음이 없는 게야. 그러니까 지 엄마를 이 지경이 되게 하고 고치려고도 안 하는 거지!"

시청의 국장까지 했던 양반이 그렇게 무지하고 말도 안 되는 억지를 부리는 게 기가 막혀 김현창은 가슴이 터질 것만 같았다. 차마 아내에게도 부끄러워 말하지 못하고 혼자 삭였다.

아니, 어머니가 쓰러지셨다는 이야기도 아내에게 안 했나? 은희가 부모님 집에 들어가서 두 분을 모시기로 했으니 매달 수고비를 보내주라고는 얘기한 것 같은데 자세한 정황까지는 말하지 않은 것도 같았다. 그래서 아내도 이번 일을 자신에게 말하지 않은 건가?

그렇다고 해도 그때와 지금은 경우가 다르다. 자신은 아내가 부담감을 느낄까 봐, 부모님이 장남인 자신에게 기대 아내를 또 힘들게 할까 싶어 배려하느라 그런 거라는 명분이 있지만 아내에게는 지금 그런 것이 없다. 장모님이나 처형들도 분명 이상하게 여길 것이다. 사위가 의사인데 어찌 이렇게 무심할 수 있냐고 욕을 하겠지.

자기 가족한테 욕먹는 것만으로도 배가 부른데 처가댁 식구들한테까지 욕을 먹고 싶지는 않아 김현창은 장모님이 계시다는 병원으로 서둘러 달려갔다.

아내는 로비까지 내려와 그를 기다리고 있었다. 운전하며 오는 동안 자기 속을 시끄럽게 했던 말을 어떻게 하면 흥분하지 않고 뱉어낼 수 있을까, 하고 김현창이 고민하는 사이에 그녀가 먼저 입을 열었다.

"위암 4기래."

그 말을 듣자마자 김현창의 머릿속엔 그러면 앞으로 남은 시간은 6개월이라는 계산이 그려졌다.

말기암은 진행 경과와 마지막을 예측하는 게 쉽고 그 예상을 거의 벗어나지 않는다. 처음 선고받을 때는 환자나 가족이 절망스러워하지만 얼마 남지 않은 시간 동안 서로에게 최선을 다하게 된다. 그래서 환자의 끝도 좋고 가족 관계도 더 돈독해지는 경우가 많아 김현창은 자기 어머니도 뇌졸중이 아니라 암이었으면 좋았을 거라는 생각을 했었다.

끝을 향해 달려가고 있다는 걸 알지만 종료되지 않는 상태, 그건 결론을 말하지 않고 끝없이 서론과 본론만 반복하는 연설만큼이나 따분하고 지루하니까. 그리고 점점 자신을 놓아주지 않는 상대에게 불만과 적의를 품게 되니까.

"장모님도 아셔?"

김현창의 아내가 고개를 끄덕였다.

"여기 올라오기 전부터 짐작하고 있으셨던 거 같아. 훨씬 오래전부터. 그래서 그렇게 메주를 많이 만들었나 봐. 자기 죽기 전에 마지막 된장이라도 많이 담아주고 가려고……"

아내는 말을 끝맺지 못하고 왈칵 눈물을 쏟았다.

병원에 오기 전까지 아내를 향해 품었던 분노는 그 때문에 묻혀버렸다. 대신 뭐라 말할 수 없는 부러움이 김현창을 사로잡았다. 장모님과 아내는 생의 마지막 순간까지도 사람들이 꿈꾸는 가족의 모습을 보여주고 있었다. 죽을 듯이 아파도 고통을 참고 자식들을 위해 메주를 만드는 어머니와 그런 어머니 때문에 가슴 아파하는 자식.

그런데 우리 가족은 그렇지 못하다는 생각에 저녁부터 마음속에 앙금처럼 가라앉아 있던 씁쓸함이 더 진해졌다.

"엄마가 아까부터 김 서방이 기다릴 거라고 가라고 하는데, 좀 더 엄마 옆에 있고 싶어서 걸음이 안 떨어지더라."

집에 들어서자마자 왕진이라도 온 듯 어머니의 혈압을 재고는 도망치듯 나와버린 자신이 떠올라 김현창은 다시 얼굴이 달아올랐다.

"당신 마음 가는 대로 해. 장모님 옆에 있고 싶으면 있고."

"그럼 좀 더 있다가 새벽에 갈게. 근데 여보."

"응?"

"엄마가 항암을 안 하시겠대. 그래봤자 고생만 고생대로 하다가 죽는다고."

평소 자신이 주장하던 것과 같은 의견이라 김현창은 반가웠다.

"잘 결정하신 것 같은데 왜? 당신은 다른 생각이야?"

"그게 아니고……. 그럼 내일 병원에서 퇴원하셔야 하는데, 돌아가실 때까지 우리 집에서 모시면 어떨까 해서……."

그 말을 듣는 순간 김현창은 자신의 심장이 격렬하게 죄어드는 걸, 그 심장이 내보낸 분노의 피가 온몸을 흠뻑 적시는 걸 느꼈다.

"……말도 안 되는 소리 하지 마."

"당신도 알잖아. 길어봤자 6개월이야!"

"6개월이고 3개월이고 그게 문제가 아니잖아!"

"그럼 뭐가 문젠데?"

그렇게 묻는 아내 때문에 김현창의 심장박동은 더 빨라졌다.

정말 그걸 몰라서 묻는 거야? 장남이면서 부모를 모시지 않았던 내가 장모님을 모신다고 하면 우리 부모님은 얼마나 상처받을 거며, 또 형제들은 어떻게 생각할까.

"절대 안 돼."

"왜?"

"당신 아니라도 처형들도 있잖아. 게다가 둘째 처형은 결혼도 안 했으니까……."

"언니는 직장 다녀야 하잖아. 그리고 뭣보다 내가 엄마랑 같이 있고 싶어서 그래!"

"뭐?"

"얼마 사시지도 못하는데 살아 계시는 동안만이라도……. 여보 제발 부탁이야."

"안 돼."

김현창의 의지는 확고했다. 다른 건 몰라도 이것만은 물러설 수 없다고, 그것이 두 사람이 그동안 지켜온 불문율에도 맞고 공평한 것이다. 그래야만 자신도 아내를 볼 때마다 내 부모가 아플 때는 신경도 안 쓰더니 자기 엄마가 아프다니까 돌변한 이기적인 여자라고 욕하지 않고 지금처럼 평화롭게 같이 살 수 있을 것 같았다.

"그럼 내가 엄마랑 같이 시골에 내려가는 수밖에 없겠네."

"뭐?"

"그만 가봐. 내일 엄마 눈뜨시면 당신 왔다 갔다고 할게. 그리고 우리 가족한테는 당신이 이 병원이랑 주치의 다 알아봐준 거라고 말했어."

아내는 김현창을 두고 병동을 향해 돌아섰다. 투명 차단막 사이로 점점 멀어지는 아내를 그저 바라보는 것밖에 그가 할 수 있는 건 없었다. 시댁 문제로 힘들어하는 아내를 위해 자기 가족과 아내 사이에 자신이 벽을 만들어줬다고 믿었는데 아내는 그보다 더 멀리, 자기 앞에까지 벽을 세운 것 같았다. 자신이 그린 '우리 가족' '내 가족'의 벤다이어그램 안에는 아내가 한가운데 있는데, 아내의 벤다이어그램에는 자신이 '우리 가족'이 아닌 '네 가족'에 속한 것 같아 배신감이 밀려왔다.

이대로 쫓겨나듯 돌아갈 수는 없다는 오기가 생겼다. 하지만 출입 카드가 없으면 병동에 들어가지 못하기에 김현창은 로비 대기실에 자리를 잡고 앉았다. 아내가 나올 때까지 기다렸다 장모님을 모시겠다는 생각을 확실히 포기시키고 같이 집으로 돌아갈 작정이었다.

어차피 오늘 자정까지 원고를 보내는 건 글렀으니 신문

사 담당 기자에게 내일까지 보내겠다는 양해 문자를 쓰고 있을 때, 김은희로부터 전화가 걸려 왔다. 문자를 쓰다 말고 김현창은 통화 버튼을 눌렀다.

"우리 훌륭한 의사 선생님께서 전화했었네? 아, 그렇게만 말하면 부족하지. 존경받는 교수님에, 세상에 둘도 없는 애처가에 좋은 아빠인데 불효자라는 말만 안 들으면 참 완벽한 인생이다. 그치?"

혀가 꼬부라져 발음이 뭉그러지는 게 많이 취한 목소리였다.

"부모님이 걱정하시던데 지금 어디니?"

"내가 도와줘? 그 노인네들한테 우리 오빠 그런 소리 안 들어도 되게 내가 도와줄까?"

"은희야, 정신 차리고 집으로 빨리 들어가."

"솔직히 오빠도 바라잖아. 지긋지긋해서 빨리 끝났으면 좋겠다고 생각하잖아!"

"정신 차리라고 했지! 옆에 있는 사람 바꿔봐."

"아이고 무서워라. 그래도 우리 집 장남이라 이거야? 하하하. 웃겨, 정말. 하하하."

노골적인 비웃음을 끝으로 전화는 뚝 끊겼다. 감정을 가라앉히기 위해 심호흡을 하고 다시 전화를 걸었지만 전원이 꺼져 있다는 음성 안내만 나왔다.

11시가 넘은 시간이라 망설이다 그래도 그냥 있을 수가 없어 김현창은 아버지의 핸드폰으로 전화를 걸었다.

"은희 들어왔어요?"

"네가 언제 가족 신경 썼다고 걱정하는 시늉이야?"

첫마디부터 쏘아붙이는 아버지 때문에 잠시 잊고 있었던 댓글이 기억났다.

"그래서 그런 글을 쓰셨어요? 세상 사람 다 보라고 그렇게 공개적으로?"

"너도 봤냐?"

"부모가 어떻게 그럴 수 있어요? 자기 자식한테 돌팔이, 위선자, 불효자 어떻게 그런 말을 할 수 있냐고요!"

"틀린 말은 아니지."

"아버지!"

"쥐뿔 아무 능력도 없는 게 잘난 척은! 뭐, 죽음도 삶의 일부? 네가 그 말이 무슨 뜻인지나 알어? 죽음이 뭔지나 알어!"

말하는 사이사이 뿜어져 나오는 거친 숨소리 때문에 김영춘의 말은 하나도 위엄이 없었다.

"아버지, 지금 어디예요? 뭐 하시는 거예요?"

"뭐 하긴 뭐 해? 헉헉, 찾으러 가지."

"설마 은희 찾아다니시는 거예요? 그럴수록 더 안 좋아

지니까 그냥 놔두시라고 했잖아요. 왜 이렇게 사람 말을
안 들어요!"

"다 필요 없어. 내 가족은 내가 지킬 거니까. 그러니까 니
들은 니들 가족이나 신경 써."

"아버지!"

김영춘의 목소리는 더 이상 들려오지 않았다. 오토바이
소음과 신호등의 보행 안내 소리 따위가 들리는 걸 보면
전화가 끊긴 건 아니었다.

"아버지! 아버지 제 말 들려요?"

"……."

"아버지, 대답 좀 해보세요!"

대답 없는 상대방을 향해 소리를 지르면서 김현창은 로
비를 빠져나가 주차장을 향해 뛰었다. 길거리 소음만 들리
는 통화를 종료하고 자동차 시동을 걸었을 때, 다시 전화
가 걸려 왔다.

"아버지?"

"나야."

아내였다.

"집에 잘 도착했나 궁금해서 걸었어. 난 내일 언니 올 때
까지 있다가 갈게."

"그래. 그리고 내일 장모님 우리 집으로 모셔 와."

"정말로?"

"그래. 진심이야."

"여보…… 고마워. 그리고 미안해. 정말 미안해……. 당신 부모님한테도 당신 가족한테도 미안해."

아내가 흐느끼고 있었다.

"울지 마. 이제 다 끝났으니까."

"그게 무슨 소리야?"

"내일이면 모든 게 달라질 거야. 그러니까 당신은 당신 어머니랑 어떻게 마지막 시간을 보낼지 그것만 생각해."

"여보! 당신 지금 어디야?"

김현창은 아무 대답 하지 않고 오디오의 볼륨을 높였다. 그가 가장 좋아하는 노래의 하이라이트 부분이 시작되고 있었다.

Di piu non chiedo, non chiedo. Si puo morir. Si puo morir d'amor.

(난 더 이상 바라는 게 없어요, 바라지 않아요. 죽을 수도 있어요. 죽을 수 있어요, 사랑을 위해서라면.)

김인경

"우리가 이 집을 은희한테 줄 거라는 걸 알고 그놈이 은희한테 착 달라붙은 거야. 괜히 하는 소리가 아니라니까. 벌써 그놈이 은희를 꼬드겨서 우리 집 물건을 야금야금 훔쳐 가고 있어. 너도 알지? 우리 집에 있던 비디오데크. 그거 고장 하나 없이 멀쩡한 거야. 그래서 내가 다용도실에 잘 보관해놨었는데 찾아보니까 없지 뭐냐? 근데 그게 그놈 세탁소에 딱 있더라니까!"

머릿속이 복잡해 다른 얘기는 잘 들어오지도 않는데 이 집을 은희한테 줄 거라는 말만은 김인경의 마음속에 콕 들어와 박혔다. 그때부터 혓바늘이 선 것처럼 입 안이 따끔거리고 불편했다.

은희가 부모님을 모시느라 수고하는 건 알지만 제가 자초한 일이었다. 처음부터 자신의 말대로 요양병원이나 요양원으로 엄마를 모셨으면 이런 분란도 일어나지 않았을 텐데, 부모님이 불쌍하다는 감상적인 기분에 즉흥적으로 일을 저지른 은희 때문에 이 지경까지 오게 된 것이다. 유난스러운 부모님 때문에 힘들어죽겠다고 투덜거리는 은희도, 은희가 자기들 말을 들어먹지 않아 미치겠다고 하소연하는 부모님도 김인경은 마뜩잖았다.

은희를 달랜다고 집까지 주겠다고 하는 부모님도 황당했다. 어렸을 때부터 경제 교육을 철저히 시키신 분들이다. 용돈도 항상 정확한 날짜에 4남매 공평하게 주셨던 분들인데 갑자기 시가 20억도 넘는 집을 은희에게 주겠다는 게 말이 되나? 그것도 맏이인 자신에겐 상의 한마디 없이 말이다. 자기들이 필요하고 의지할 때만 맏이지 이럴 때는 아니라니까. 혓바늘이 선 것 같은 따끔따끔함이 점점 더 온몸으로 번지며, 그녀의 해묵은 기억까지 건드렸다.

네가 언니고 누나니까 네가 챙겼어야지. 동생들이 그렇게 하는 동안 너는 뭐 하고 있었어? 네가 잘해야 동생들도 잘하는 거야.

특권보다는 의무와 책임만 많은 맏이 역할이 피곤해 그녀는 솔직히 빨리 이 집안을 벗어나고 싶었다. 남들보다 결혼을 빨리한 것도, 지금의 남편과 결혼을 결심한 것도 그래서였다. 남편은 다른 형제가 없는 게 마음에 들었다. 그땐 그게 자신을 옴짝달싹 못 하게 하는 덫이 될 줄은 몰랐다. 시부모님이 늙고 여기저기 탈이 나자 누구한테 미루지도 도망치지도 못하고 꼼짝없이 김인경은 시부모를 부양할 수밖에 없었다.

그때의 자기를 생각하면 지금 은희는 무척 좋은 조건에서 부모님을 모시는 것이었다. 자신은 시부모의 집이 아니라 자신의 아파트에서 두 분을 모셨고, 간병에 들어가는 모든 비용도 남편과 자신이 충당했다. 현창이처럼 다달이 돈을 보내주는 사람도 없었다. 돈은 고사하고 한 번씩 집에 찾아와 부모님 모시느라 애쓴다고 어깨를 두드려주는 사람도 없었다. 그렇다고 무슨 보상을 받았느냐 하면 그것도 아니다. 유산은커녕 시어머니의 요양원 비용을 아직도 감당하고 있었다.

김인경은 이렇게 쾌적한 집에서 부모님 돈을 쓰고 사는 은희가 그렇게 큰 유산까지 받는 건 정말 아니라는 생각이 들었다. 그래서 은희를 잘 좀 달래보라는 부모님의 부탁을 받고서도 따뜻한 말 대신 똥오줌 못 가렸던 시아버지의 이야기부터 꺼냈다. 그러자 은희는 기다렸다는 듯이 달려들었다.

"남들이 들으면 언니가 시아버지 똥오줌 다 받아낸 줄 알겠네. 그 일 한 건 언니네 시어머니잖아. 언니는 그저 방 한 칸 내준 거고. 아니, 내준 것도 아니지. 언니네 애들 봐 달라고 언니가 두 분 서울로 올라오게 한 거잖아. 언니 대신 그분들이 애들 다 키워주셨는데 그 정도 하는 건 당연한 거 아냐?"

남편한테 자주 들었던 말이지만 그걸 피붙이한테 들으니 기분이 또 달랐다. 시댁 식구들이라면 몰라도 친정 식구라면 당연히 자기편을 들어줘야 하는데 그러지 않는 동생이 밉살스러웠다. 그래서 김인경의 말투에도 날이 섰다.

"당연? 시부모랑 살아보지도 않았으면서 네가 뭘 안다고 그래? 하기 싫으면 당장 때려치우는 네 성격으로는 아마 한 달도 못 버텼을걸."

말에 무게를 실으려 그때의 기억을 소환한 김인경은 얼굴을 찌푸렸다.

연로한 시어머니가 어찌어찌 시아버지를 돌본다고 해도 방 안에서 밥을 먹이고 용변을 뒤처리하는 정도지, 그 밥을 준비하고 똥기저귀 버리고 이불을 빼는 건 김인경의 몫이었다. 퇴근해 집에 와 그러고 나면 새벽 한두 시가 넘었다. 그중에서도 가장 힘든 건 주말마다 시어머니를 도와 시아버지를 목욕시키는 일이었다. 남편이 도와주면 좋으런만, 주말마다 남편은 골프 약속과 동창 모임을 핑계로 도망치듯 집을 비웠다.

결국 목욕 일을 도울 수밖에 없던 김인경은 시아버지의 벌거벗은 육체를 마주해야 하는 민망함을 덜고자 평소 쓰던 안경을 벗고 들어가 거품부터 잔뜩 풀었다. 초점이 맞지 않는 흐릿한 시야와 하얀 비누 거품으로 시아버지의 나체와 사타구니를 가려야만 했던 그 미끌미끌한 기억이 떠오르자 마음이 더 불편해졌다. 하지만 김은희는 그러거나 말거나 아랑곳하지 않고 독설을 내뱉었다.

"아버지 생신인데 딸랑 찹쌀떡 하나 사 와서는 뭔 훈계를 그렇게 해? 누가 선생 아니랄까 봐 그저 입으로는 다 잘하지. 효도? 그런 건 효도라고는 눈곱만큼도 안 해본 인간들이나 하는 말이야. 해본 사람들은 그게 얼마나 징글징글한 건지, 끝도 없는 지옥인지 아니까 그런 말 안 해."

맏이의 체면과 인내심으로 애써 가리고 있던 김인경의 불안과 절박함이 '딸랑 찹쌀떡 하나'라는 말 때문에 맨살을 드러냈다. 아버지 생신인데 딸랑 찹쌀떡 하나 사 온 형편이 가장 기막히고 화가 나는 건 김인경 자신이었다. 평생 교사로 일하며 맞벌이해 서울에서 40평대 아파트까지 마련했다. 자신은 중산층의 여유로운 삶을 살고 있다고 믿었고 앞으로도 그럴 줄 알았다. 그 일이 터지기 전까지는.

삼수생인 둘째 아들이 수능을 끝내고 친구들이랑 놀러 갔다 오겠다고 했을 때 그녀는 혹시 모를 사고들을 떠올리며 허락하지 않았다. 아들 또래의 청년들이 펜션에 놀러 갔다가 화재로 사망한 사건, 바닷가에서 술에 취해 친구들끼리 장난치다가 물에 빠져 익사한 사건 등 머릿속에 떠오르는 사고만 해도 몇 가지나 됐다. 그녀는 안 된다고 거듭 말했지만 아들은 남편을 공략해 기어코 허락을 얻어내서는 김인경의 차까지 몰래 가져갔다.

화가 났지만 남편은 조기퇴직을 한 이후 일이 제대로 풀리지 않아 심리적으로 위축된 상태라 김인경은 더 강경하게 나가지 못하고 아들에게 전화해 1박 2일이라고 못 박았다.

아들이 술도 깨지 않은 상태에서 차를 몰다가 사람을 친다는 것은 걱정 많은 그녀도 전혀 생각해보지 못한 사고였다. 그래서 처음 그 소식을 들었을 때 김인경은 아무 생각도 나지 않았다. 봄방학이지만 새 학기 준비로 학교에 있었기에 자기 대신 가보라고 남편에게 연락하고서야 충격과 분노가 쓰나미처럼 몰려왔다.

왜 술을 마시고 운전하다가 그런 사고를 냈지. 게다가 왜 하필 임부를 치었단 말인가.

한번 불안한 생각이 들자 오만 가지 걱정이 밀려와 도저히 일을 할 수 없었다. 경찰서에 간 남편으로부터 피해자는 경미한 타박상을 입었을 뿐이고 아들도 초범이라 벌금 내고 합의만 잘하면 괜찮을 것 같다는 이야기를 듣고도 김인경의 조마조마한 마음은 편해지지 않았다.

남편은 뭐든 쉽게 생각하는 경향이 있다는 걸 잘 알았기 때문이다. 젊었을 때부터 그랬다. 자신이 외아들이니 부모님을 모시자고 말할 때도, 회사가 어려우니 조기퇴직을 하겠다고 했을 때도 그는 낙관적인 전망만 있었지 앞으로 어떤 난관이 있을지 전혀 고려하지 않았다.

그런 남편과 살기에 무슨 일을 결정할 때마다 그녀는 더 비관적인 전망으로 모든 경우의 수를 생각해야만 했다. 그렇게 조심하고 대비해도 불행을 완전히 막을 수는 없었다. 이 사건도 남편의 말대로 그리 쉽고 단순하게 끝나지 않을 거라 김인경은 예감했다. 그래서 하던 일을 놓고 집으로 돌아가 아들을 붙들었다.

"술 마시고 운전을 하면 어떡해? 그게 얼마나 나쁜 짓인지 몰라?"

"자고 일어나서 다 깬 줄 알았어요. 집 근처에 올 때까지도 아무 일 없었고……."

"혈중알코올농도가 0.08이었어. 얼마나 술을 많이 마셨으면 자고 일어났는데도……."

"애들이 하루 더 있다 가자고 그래서 숙소에서 새벽까지 술 마셨어요. 그런데 엄마가 안 된다고 당장 오라고 했잖아요!"

"뭐? 그래서 지금 엄마 탓이라는 거야? 갈 때 1박 2일이라고 분명히 너도 약속했어. 근데 이제 와서……."

태평하게 티브이를 보던 남편이 그녀의 말을 막았다.

"그만해. 그러게 그 멀리까지 놀러 간 애를 하루 더 있다오라 하지 뭘 그렇게 오라고 난리를 쳐서는."

"그건 애초에 우리가 합의한 약속이었잖아요."

"그놈의 약속, 원칙! 여기가 무슨 군대야, 직장이야. 가족끼리는 그냥 봐주고 넘어가고 그런 맛이 있어야지, 하여간 당신의 그 깐깐함이 문제라고."

할 말이 많지만 하지 않는다. 요즘 아이들은 그걸 줄여서 '할말하않'이라고 하던데 김인경도 남편이랑 살면서 그네 글자를 인이 박이게 품고 살았다.

남편의 말대로 김인경이 '약속'과 '원칙'을 중요하게 생각하지 않았으면 진작 그와 이혼하고 가족은 해체됐을 것이다. 사실 김인경이 남편과 결혼한 건 그가 외아들인 것에 더해 똑똑하고 학벌이 좋았기 때문이다. 그런 남자랑 살면 경제적인 어려움은 없을 거라 예상했는데 결혼하고 보니 그게 아니었다. 너무 똑똑하고 학벌이 좋은 게 문제였다. 남편은 자기보다 똑똑하지 않고 학벌도 안 좋은 상사들을 견디지 못해 걸핏하면 퇴사했다. 덕분에 가족의 생계를 안정적으로 책임지는 건 김인경의 몫이었다. 그것이 너무 힘들어 그만두고 싶을 때도 많았지만, 자기가 선택한 결혼이니 끝까지 책임져야 한다는 신념 하나로 버텨왔다. 남편이 그 신념을 탓하거나 조롱할 때마다 그녀는 차라리 입을 다물고 주문을 외듯 '할말하않'이란 말을 속으로 곱씹었다.

김인경은 직접 사건 담당 경찰관을 찾아갔다. 예상했던 대로 쉽게 끝날 것 같지가 않았다.

"0.08부터 면허취소인 거 아시죠? 면허정지 수치랑 면허취소 수치는 벌금이나 합의금이 천지 차이예요. 게다가 피해자는 진단서를 제출하고 출산할 때까지 합의하지 않겠다고 합니다."

그 말을 들으면서 김인경은 음주 측정을 담당한 경찰관이 야속했다. 0.001만 떨어져도 면허취소 기준인 0.08을 벗어날 수 있으니 입을 몇 번 더 헹구고 다시 재게 해주었으면 어땠을까. 경찰관이 그렇게 해주지 않은 게, 그렇게 해달라고 사정하지도 않은 아들이 원망스러웠다. 하지만 그런 말을 입 밖에 낼 수는 없었다. 선생이 그런 말을 하면 되냐고 핀잔을 들을 게 뻔했다. 양심과 가치를 얘기하고 가르치는 일에 종사하는 사람들은 세상 사는 데 불리하다. 조금만 그 기준을 이탈해도 사람들이 난리를 치며 공격하니까.

"가해자 입장에서는 최대한 빨리 합의를 보는 게 좋죠. 음주운전 사고는 형사합의를 해야 형량이 경감되니까요. 최악의 상황이 벌어지면 구속될 수도 있어요."

경찰이 선심 쓰듯 알려준 팁이 오히려 김인경을 더 긴장시켰다.

피해자가 임신 17주라니 출산을 하려면 아직도 다섯 달이나 더 남아 있다. 삼수까지 하고 입학한 대학을 가보지도 못하고 아들이 감옥에 갈지도 모른다는 두려움에 김인경은 해쓱해졌다.

아들과 함께 직접 찾아가 사과하려고 피해자에게 연락했지만 전화를 받지 않았다. 문자를 남겨도 아무 응답이 없었다. 피해자한테 자꾸만 연락해 귀찮게 하는 게 오히려 안 좋을 수 있다는 경찰관의 말에 김인경은 지인들을 통해 변호사를 수소문했다.

음주운전이라 보험 혜택을 받을 수 없으니 들어가는 돈이 꽤 될 거라는 변호사의 말에 김인경은 '돈은 중요하지 않다'고 자신 있게 말했다. 조기퇴직을 하면서 남편이 받은 퇴직금도 있고 그동안 모아둔 적금도 있었으니까. 아니, 있는 줄 알았으니까. 남편이 자신에게는 한마디도 없이 그 돈에 더해 마이너스대출까지 받아 아는 선배의 회사에 투자한 줄은 전혀 몰랐다.

벌금과 치료비, 형사합의금에 변호사 비용까지 필요한데 지금 수중에 있는 돈이 백만 원도 안 된다는 걸 알고 김인경은 머릿속이 하얘졌다. 남편에게 당장 그 돈을 회수해오라고 소리쳤지만 남편은 왜 자기를 못 믿냐고 오히려 더 성을 냈다.

"평생 날 그렇게 깔아뭉개고 가장 행세 했으면 한 번은 좀 양보해라."

"내가 언제 당신을 깔아뭉갰어? 그리고 가장 같은 거 하고 싶지도 않아."

"그게 더 기분 나빠. 하고 싶지도 않은데 남편이 무능해서 어쩔 수 없이 가장 노릇 하느라 피곤하다고 얼굴에 쓰고 살면서 말로는 아닌 척, 남편을 무척이나 떠받들고 사는 척 하는 거 가증스럽다고."

"뭐?"

"당신 더 이상 안 힘들게 이제부턴 내가 진짜 가장 노릇할 거야. 그러니까 당신은 그냥 따라오기만 해."

"어떻게……."

"날 믿어보라고 쫌! 제발 한 번만!"

"합의금은 어떡하고!"

"당신이 맘만 먹으면 그까짓 돈 못 구해? 당신 친정도 있고 의사 동생도 있잖아!"

더 이상 말을 했다가는 남편과 끝을 볼 것 같아 김인경은 입을 다물고 남편의 말대로 동생에게 전화했다. 하지만 통화할 수가 없었다. 몇 번이나 전화했는데 동생은 받지 않았고, 결국 통화 연결이 됐을 때 전화를 받은 사람은 올케였다.

서로 얼굴 안 본 지 몇 년이나 된 올케한테 인사를 하는 것도 어색해 김인경은 그냥 전화를 끊고 말았다. 자신이 돈을 빌리려 했다는 걸 올케가 알게 하고 싶지 않았다. 배려라기보다 우리 부모를 싫어하는 너한테 나도 도움받고 싶지 않다는 용렬한 자존심이었다. 시부모를 모셔봐서 누구보다 며느리의 어려움을 잘 알고, 효도는 며느리가 아닌 자식들이 해야 한다는 데 동의했다. 하지만 자신은 이미 다 했기에 억울한 마음도 있어서 당당하게 거부하는 올케가 더 얄미웠다.

아들이 둘이지만 늙고 병들면 자진해서 요양원에 들어갈 계획을 짜는 자신과 달리 끝까지 요양원에 들어가길 거부하는 부모님도 못마땅했다. 윗사람들이나 아랫사람들

이나 자신의 편리와 이익만 생각하고 이기적으로 욕심만
차렸다. 그 꼴을 보고 싶지 않아 친정에 자주 가지 않고 연
락도 소홀했다. 그래놓고 돈이 필요하니 쪼르르 달려가는
것이 염치없게 느껴졌지만 부모님께 선뜻 손을 벌리지 못
한 게 그런 이유 때문만은 아니었다.

어쨌든 자신은 이 집안의 장녀이고 늘 부모님의 자랑거
리였다. 현기가 계속 시험에서 떨어지고, 은희가 이혼하
고, 제 처의 편만 드는 현창이에게 실망하면서 이제 부모
님에게는 자식 중 그녀에 대한 기대감과 자부심만 남았다.
그것마저 꺾어버릴 수는 없다는 마음 때문에 차일피일 말
하는 것을 미루는 사이 더 큰일이 벌어지고 말았다.

식탁 위에 있던 컵을 은희를 향해 던지고 나서야 김인경
은 자신이 그런 행동을 했다는 걸 깨닫고 놀랐다. 자기도
모르게 이런 폭력적인 행동을 하는 게 벌써 몇 번째인가.
그렇게 처절하게 후회하고 자책했으면서도 또 이런 짓을
하고 말다니…….

의사는 갱년기의 호르몬 변화로 인한 일시적인 증상일
수 있으니 너무 걱정하지 말라고 했지만 시간이 갈수록 의
사에 대한 신뢰도는 점점 추락했다.

급기야 친정집에 와서까지 부모님도 계신데 이런 짓을

하고 말았다는 자괴감에 김인경은 가슴이 철렁했다. 그래도 컵이 다행히 은희를 비켜 나가 싱크대에 맞고 떨어졌는데, 은희는 일부러 깨진 컵을 발로 밟았다. 너 때문에 내가 피 흘린다는 걸 보여주려고 그런 행동을 하는 동생의 모습에 김인경은 경악했다.

무슨 일을 시작하면 아무리 힘들어도 입을 꾹 닫고 끝까지 해내는 자신과 달리 어렸을 때부터 은희는 뭐 하나를 해도 요란했다. 어쩌다가 설거지 한번 하면 옷자락을 흠뻑 적셔 티를 내고, 어디 조금 베거나 찍히기라도 하면 죽을 듯이 엄살을 떨었다. 그러니 부모 모시느라 힘들다는 유세는 또 오죽했을까. 체면을 중시하는 부모님을 자극하려고 일부러 밤마다 술을 마시고 나가 남자를 만났는지도 모른다. 그래서 우는 아이 떡 하나 더 주는 심정으로 부모님은 이 집을 은희에게 주기로 마음먹은 게 아닐까. 그렇게 생각하자 은희의 행동 하나하나가 가식적인 쇼로 보였다.

"김은희 작작해라. 봐주는 것도 한계가 있으니까."

"언니가 뭘 봐줬는데?"

"얼른 양말 벗고 약부터 발라. 괜히 바닥에 피 칠하고 다니지 말고."

"누구 때문에 피 칠하는데? 컵은 언니가 던졌잖아!"

"그렇다고 일부러 밟을 필요는 없잖아."

"날 아프게 하고 싶었잖아? 그래서 언니 소원대로 해줬는데 왜?"

"뭐?"

"언니 속마음 다른 사람들은 몰라도 나는 다 안다고! 겉으로는 인자한 척, 부처라도 되는 양 점잖게 굴지만 속으로는 온갖 계산을 다하면서……."

더 이상 듣다가는 또 무슨 일을 저지를지 몰라 김인경은 다급히 김은희의 말을 잘랐다.

"그래, 컵 던진 건 내가 잘못했어. 됐지?"

"됐긴 뭐가 돼?"

"어디서 눈을 치떠? 부모 좀 모신다고 이제 위아래도 잊었니? 내가 네 언니라는 것도 까먹었어!"

"뭐야, 이제 꼰대 짓까지 하겠다고? 지랄한다."

김인경은 코끝에서 탄내가 느껴지기 시작했다. 믹서기가 돌고 돌다 더는 돌지 못하고 멈췄을 때, 너무 가열된 드라이어가 작동을 멈췄을 때 나는 냄새 같은 그것이 주체할 수 없는 행동이 시작되기 전의 전조증상이라는 걸 김인경도 이제는 알고 있었다. 처음 그 냄새를 맡았을 때는 몰랐지만.

"할망구 또 지랄한다."

앳된 얼굴과 어울리지 않는 말들은 아무리 많이 들어도 적응되지 않고 매번 놀라게 된다. 이 말도 그랬다. 아직 오십대이지만 젊고 예쁜 이삼십대 여교사들과 함께 교단에 서는 초등학교 교사이기에 김인경은 다른 사람들보다 더 빨리 '할머니' 소리를 들었고, 그 말에 예민할 수밖에 없었다. 아무리 노력해도 아이들은 젊고 예쁜 교사의 말을 더 잘 따랐다. 노골적으로 젊고 예쁜 담임선생님이 있는 옆 반에 가고 싶다고 말하는 아이들도 있었기에 옆 반에서 웃음소리가 들려오면 괜히 움츠러들었다. 연예인도 아닌데 한 살이라도 더 젊게 보이려고 화장을 하고, 보톡스나 필러까지 맞아도 아이들은 '할망구'라 놀렸다. 그런 말에 일일이 화를 내면 초등학교 교사로 살 수 없다는 걸 김인경은 누구보다 잘 알고 있었는데, 그날은 그냥 넘어갈 수가 없었다. 처음 한 말보다 뒤에 덧붙인 말이 김인경을 자극했다.

"할망구가 술이 취했나 봐. 으, 술 냄새."

아이들은 평소 맥락 없이 장난을 쳤다. 그날도 그냥 장난으로 아무 말이나 한 것이겠지만 아들의 음주 사고로 잔뜩 예민해진 상황에서 그런 말을 들어 그랬는지 김인경은 자기도 모르게 손이 올라갔다. 그 손이 아이의 뺨을 두 번이나 때리고 나서야 김인경은 자신이 한 행동을 깨닫고 아찔해졌다.

교사로서 30여 년을 살아왔지만 이렇게 개인적인 감정으로 아이를 때린 적은 한 번도 없었다. 그 어떤 교사보다도 체벌에 철저히 반대했고 그것을 교육 방침으로 삼아왔기에, 학부모의 항의보다 스스로에 대한 실망감과 충격으로 괴로웠다.

옷을 하나 고를 때도, 잠자다가 꿈꿀 때마저도 교사라는 본분을 잊어본 적 없었고 그 덕에 대통령 표창까지 받았다. 그런데 한순간에 폭력교사가 된 것이다. 참담했다. 30년 동안 쌓아 올린 공은 단 몇 초 사이에 허물어졌다.

시아버지의 나체를 보는 게 민망해 일부러 안경을 벗고 욕실에 들어갔던 것처럼, 그녀는 아이들의 눈을 똑바로 바라보기 두려워 안경을 벗고 수업을 했다. 복도에서는 고개를 숙이고 다녔다. 그러자 그동안 보이지 않았던 것들이 보였다. 그녀를 존경한다고 말했던 후배 교사들은 자신이 처한 상황을 그저 안타까워하는 것만은 아니었다. 그렇게 잘난 척하더니 고소하다고 웃는 소리도 들렸다. 점점 학생 수가 줄어 예비 교사들이 발령을 받지 못하고 몇 년씩 기다린다는 이야기가 나올 때마다 그들의 시선이 나이 많은 교사들을 향한다는 걸 알고 있었지만 남 일처럼 생각했다. 하지만 이제는 자신도 그들이 꺼리는 대상에 포함되어 있다는 걸 깨달았다.

열정은 나이를 이길 수 없다. 솔직히 교장, 교감과 같은 나이에 평교사로 교단에 서는 것이 버거웠다. 방학 때마다 연수를 가고 새로운 것들을 배워도 교사에게 요구되는 것은 끝이 없어 가랑이가 찢어질 것 같았다. 그만두고도 싶었지만 교사로서의 사명감, 더 여유로운 미래를 생각하며 참았는데 이젠 그런 감상마저 사치가 돼버렸다.

자신이 당장 일을 그만두면 온 가족이 손가락만 빨고 있어야만 하는 게 현실이었다. 돈이 없는 것도 아닌데 쓸 수 있는 돈이 없다는 게 기가 막혔다. 더 두려운 건 이런 상황이 일시적인 것이 아닐 거란 예감이었다. 투자한 선배 회사의 주가를 확인할 때마다 얼굴이 어두워지는 남편을 보고 있으면 익사하기 직전 몸 위로 점점 차오르는 물을 바라보는 것처럼 몸서리쳐졌다. 자신의 눈을 피하는 남편의 눈길, 반도 먹지 못하고 남기는 밥그릇, 점점 늘어가는 남편의 한숨과 담배를 확인할 때마다 김인경은 숨통이 막혔다.

사태가 진정될 때까지 우선 병가를 내고 좀 쉬라는 교감의 말도 거절할 수밖에 없었다. 누구보다 쉬고 싶고, 이 난처한 상황에서 도피하고 싶었지만 모든 뒷말은 자리를 비운 사람을 향한다는 걸 알고 있었다. 그것이 또 어떤 불행을 불러올지 몰라 도축장에 끌려가는 소처럼 괴롭게 출근했다. 그러면서 아직 아이들을 사랑한다고, 아이들을 가르치는 게 행복한 척했다.

다행히 당장 경찰에 고발하겠다고 난리를 쳤던 학부모는 김인경의 진심 어린 사과와 다른 학부모들의 중재에 마음을 풀었다. 김인경은 아이들과 학부모가 보는 앞에서 다시는 그런 실수를 저지르지 않겠다고, 또 그런 일을 저지르면 그땐 정말 교단을 떠나겠다고 약속했다.

그렇게 잘 정리가 되는 것 같았는데 난데없이 그림 한 장이 나타났다. 감옥에 할머니가 갇혀 있는 그림. 아이들은 그 그림을 보며 우리 선생님이 곧 감옥에 들어가서 콩밥을 먹을 거라고 킥킥거렸다. 그 그림을 보았을 때 김인경은 머리칼이 쭈뼛 섰다. 창살로 막힌 감옥 안에는 자기만 있는 게 아니라 '할망구 아들'이라 표시된 젊은 남자의 그림까지 있었기 때문이다.

아들이 교통사고를 냈다는 걸 아이들이 어떻게 알았지?

섬뜩했다. 합의금을 마련하려고 친한 동료에게 상담을 했던 것이 소문이 퍼져 아이들의 귀에까지 들어간 게 아닌가 의심스러웠다. 일부러 누군가가 악의적으로 아이들에게 퍼뜨린 게 아닌가 싶었다. 나이 든 자신을 학교에서 쫓아내려고 순진한 아이들을 이용하는 걸지도 모른다 생각하니 분해서 잠도 잘 수 없었다.

독립군이라도 잡으려는 일본군 경찰처럼 김인경은 악착같이 아이들을 추궁해 그림 그린 아이를 색출하려 했지만 찾아낼 수가 없었다. 아이들은 누가 그렸는지 모른다고 했다. 그럴수록 더 약이 올랐다. 반드시 범인을 찾아내고야 말겠다는 마음으로 아이들의 스케치북을 일일이 뒤졌다.

초등학교 3학년 아이들의 그림체는 비슷비슷해 보여도 지문처럼 고유한 특징이 있다. 똑같이 사람을 그려도 목을 길게 그리는 아이와 짧게 그리는 아이, 아예 목이 없게 그리는 아이도 있다. 그리고 그림 옆에 쓴 '할망구' '할망구 아들'이라는 글씨는 중요한 단서였다. 글씨체를 보면 남자아이가 아니라 여자아이라는 건 거의 확실했지만 자기 반 아이들 중에는 같은 글씨체와 그림체가 없었다.

그렇다면 다른 반에 범인이 있다는 이야기였다. 자기를 음해하려는 교사가 개입되어 있을지도 모른다는 김인경의 의심은 더 짙어졌다. 김인경은 복도에 서서 여자아이들이 지나갈 때마다 멈춰 세우고 다짜고짜 심문했다.

"네가 그랬니?"

범인이라면 그 말에 보통 아이들과는 다른 반응을 보일 게 분명했다. 그런데 범인을 찾기도 전에 다른 반 교사들의 항의가 이어졌다. 폭행 사건이 벌어지기 전에는 감히 단체로 자신을 몰아세울 생각조차 못 했을 후배들이기에

김인경은 쓸쓸했다. 그들이 범인을 알면서도 감싸고 있는
건 아닌가, 다 공범이라 이렇게 펄쩍 뛰는 게 아닌가 수상
했다.

그런데 그림에 있던 글씨와 똑같은 글씨가 이번에는 김
인경의 자동차에서 발견됐다.

―살인자 가족.

그렇게 써진 종이가 자신의 자동차 앞 유리에 붙어 있는
걸 보았을 때, 김인경은 교감에게 정식으로 긴급 교무회의
를 요청했다. 그리고 감옥에 갇혀 있는 자신과 아들의 그
림을 그리고 '살인자 가족'이라는 말로 자기 가족의 명예
를 훼손한 범인을 경찰을 동원해서라도 반드시 찾고 말겠
다고 선포했다. 퇴근도 못 하고 불려 온 교사들은 떨떠름
한 눈빛으로 김인경의 범인 찾기에 협조하겠다 말했지만
교무실을 나서자마자 자기들끼리 눈빛을 교환하며 수군
거렸다.

진짜 할망구 노망났나 봐. 철없는 애들이 장난친 거 가
지고 정말 왜 저래? 지난번 폭행 사건 때 학부모가 경찰에
고발한다는 거 말리지 말았어야 돼. 저런 퇴물은 하루라도
빨리 학교를 떠나야 한다니까.

교무실에 남은 김인경에게 그들의 말이 정확히 들릴 리
없었지만 분명 들은 것만 같았다.

전교생과 전 교사를 상대로 혼자 전쟁을 벌이는 기분이었지만 김인경은 포기할 수 없었다. 여기서 밀리면 가족을 지킬 수 없다. 그녀는 퇴근도 하지 않고 밤늦게까지 다른 반 아이들의 학습장과 스케치북을 확인했다. 며칠 만에 가장 비슷한 그림체와 글씨체를 가진 대여섯 명의 아이들을 추렸는데, 그때 변호사로부터 전화가 걸려 왔다.

교통사고 피해자가 유산을 했다고. 그 유산이 교통사고 때문인지 알 수는 없지만 저쪽에서 그렇게 주장하면 가해자 쪽에서는 불리할 수밖에 없다는 그 말을 들으면서 김인경은 온몸이 후들거렸다.

명예 훼손범을 찾겠다고 온 학교를 들쑤셔놨는데, '살인자 가족'이란 말은 거짓이 아니었다. 누군가 자신에게 벌어지는 일들을 자신보다 더 먼저 알고 있다는 공포심이 목까지 차오른 절망의 수위를 더 높였다. 김인경은 그 속에서 허우적거리다가 마지막 지푸라기라도 잡는 심정으로 친정에 온 거였다.

은희가 식칼을 움켜쥐는 순간, 김인경의 오른손에도 바짝 힘이 들어갔다. 그렇지 않아도 힘들어죽겠는데 친정 식구들까지 자신을 위로하거나 도와주지는 않고 오히려 도발하니 몸속 가장 깊은 곳에 있는 심지에 불이 붙는 것 같았다. 화르르 타올라 모든 걸 다 태워버려도 좋다는 자포자기의 마음과 누구를 향하는지 알 수 없는 적개심이 김인경을 사로잡았다.

그 순간 변호사로부터 전화가 오지 않았으면, 무슨 일이 벌어졌을까?

컵이 깨지는 소리를 듣고 주방으로 들어온 줄 알았던 아버지가 핸드폰을 내밀었다.

"전화 왔어. 무슨 변호사라고 떠 있다."

김인경은 핸드폰을 받아 화장실로 들어갔다. 변호사는 천신만고 끝에 피해자 쪽을 설득했다며 그쪽이 마음을 바꾸기 전에 합의금 3천만 원을 가지고 당장 오라고 했다. 또 시간을 끌다가 상황이 바뀌면 자신도 도와줄 수 없다며 이번이 마지막 기회라고 못 박았다.

알았다는 말로 통화를 끝냈지만 자신이 없었다. 친정집 대문을 들어설 때만 해도 면목 없지만 부모님께 사정을 말하고 돈을 빌리자고 생각했었는데, 집을 은희한테 줄 거라는 말을 들어서 그런지 그런 말을 하고 싶지가 않았다. 20억이나 되는 이 집에 비하면 자신이 필요로 하는 3천만 원은 푼돈인데 그걸 받는 순간 은희가 그거나 먹고 떨어지라고 할 것 같았다.

복잡한 마음으로 화장실에서 나왔을 때 은희는 보이지

않았다. 아버지 혼자 싱크대 앞에서 깨진 컵 조각을 쓸고 있었다.

"변호사가 무슨 일로 전화를 해? 학교에서 뭔 일 있었냐?"

아버지, 저 좀 살려주세요. 그 말을 하려고 입을 떼려는데, 이층에서 은희의 괴성이 들려왔다. 아버지가 들고 있던 빗자루를 내동댕이치며 울화를 터뜨렸다.

"잘 타이르랬더니 왜 애 성질을 건드려 또 술을 마시게 해! 살살 상대방 비위를 맞춰가며 할 말을 해야지, 그 나이 먹도록 넌 그런 것도 몰라 어떻게 사냐!"

목구멍에서 대기 중이던 말이 아버지의 잔소리에 쑥 들어갔다. 김인경은 말없이 가방을 챙겨 들고 현관을 나갔다. 어리둥절해진 김영춘이 그런 김인경을 뒤쫓아 집 앞까지 따라 나왔다.

"이대로 그냥 가면 어떡해?"

"일이 있어 가봐야 돼요."

"글쎄, 그러니까 무슨 일이냐고?"

김인경은 김영춘의 얼굴을 한번 보고는 입을 닫았다. 부모님한테도 자기 자식의 허물을 말하고 싶지 않았다. 분명 자식을 잘못 키운 자신을 탓할 것 같았다. 남편이 벌인 일에 대해서도 마찬가지겠지. 그러지 않고 자신의 편을 들어준다고 해도, 왜 지금까지 말 안 하고 혼자 애를 끓였냐 다독여줘도 전혀 위로가 될 것 같지 않았다. 당신들이 언제 내 걱정 해준 적 있냐고 쏘아붙일 것만 같았다. 만날 은희와 현기 걱정만 하면서, 넌 잘사니까, 넌 우리가 신경 안 써도 잘하니까, 그만 말이나 하고!

김인경은 우는 아이 떡 하나 더 준다는 말이 참 싫었다. 왜 울고 싶어도 참고 있는 아이에게 안 주고 우는 아이에게 주는데! 그럼 애써 울음을 참고 있던 그 아이는 뭐가 되냐고!

"해문이가 이번에도 대학 떨어졌냐? 그래서 그런 거야?"

찍어도 너무 엉뚱한 곳을 찍는 아버지가 어이없었다. 내 삶에 그만큼 관심 없다는 소리겠지. 토라진 마음이 더 꼬였다.

해마다 부모님 생신을 앞둔 주말이면 김인경이 동생들에게 연락해 함께 식사하는 자리를 마련했었다. 올해는 그럴 경황이 없어 못 했는데 무슨 일이 있냐 먼저 연락하는 가족이 하나도 없었다. 평생 맏이로 살아온 결과가 이런 것이라는 게 쓸쓸하고 친정 식구들에게 정나미가 뚝 떨어졌다.

둘째 아들이 집을 나간 지 일주일이 넘었다. 사고 피해자가 유산했다는 소식을 들은 날의 일이었다. 가족의 명예를 훼손한 범인을 찾겠다고 학교를 발칵 뒤집어놨는데, 자신이 정말 살인자의 엄마가 됐다는 걸 알았을 때 김인경은 치솟는 화를 참을 수 없어 아들에게 쏟아냈다.

"이게 다 너 때문이야!"

난생처음으로 아들을 때렸다. 그건 훈계나 사랑의 매와는 거리가 먼 원초적인 구타였고, 누군가 그 장면을 찍어 인터넷에 올렸다면 세상에 무슨 엄마가 이럴 수가 있냐고 경악할 만큼 광기 어린 폭력이었다.

그렇게라도 원 없이 감정을 터뜨리고, 악을 쓰고, 지칠 때까지 몸부림치며 분을 풀고 나면 마음이 진정되겠지. 일은 자기가 저질러놓고 천하태평으로 게임이나 하는 아들도 정신을 차리겠지 싶었다. 그런데 아들은 죄송하다는 말 대신 거칠게 항의했다.

"왜 때려? 그냥 내가 감옥 가면 되잖아! 그러니까 엄마는 상관하지 말라고."

"어떻게 상관을 안 해? 너 때문에 나까지…… 내 인생까지 엉망이 됐는데!"

"엄마 때문에 내 인생은 옛날부터 엉망이었어!"

"뭐?"

"엄만 내가 아니라 엄마 체면이 중요한 사람이잖아. 나

112

삼수하기도 싫었어. 그런데 엄마 때문에, 남들한테 자랑할 만한 대학 못 들어갈 바에 아예 안 가는 게 낫다고 하니까 하기 싫은 공부 억지로 한 거라고! 엄만 지금도 내 걱정을 하는 게 아니라 학원비 처들인 그 대학 못 가게 될까 봐, 남들이 그 사실 알게 될까 봐 이러는 거잖아!"

"이 자식이 정말!"

"정말 뭐! 내가 해결책 알려줘? 그냥 아들 하나밖에 없다고 해. 항상 모범생이고 엄마가 자랑스러워하는 형 하나만 있다고 생각하고 살라고!"

"그게 엄마한테 할 소리야!"

"엄만 세상에서 제일 나쁜 엄마니까 이런 말 들어도 돼!"

그 말을 끝으로 집을 나간 아들은 전화도 받지 않았다. 남편한테는 친구네 집에 있으니 걱정 말라는 문자를 보냈다는데, 자신의 문자에는 답장도 없었다.

세상에서 제일 나쁜 엄마라니, 연달아 충격이었다. 나쁜 아내, 나쁜 선생님이라는 시선만으로도 힘든데 나쁜 엄마라는 낙인까지 찍히니 삶이 허무했다.

아무 희망이 없다.

아침에 눈을 뜰 때마다 그 생각이 가장 먼저 들었다. 남편도 자식도 이 암담한 상황에서 자신을 구원해줄 가능성이 눈곱만큼도 없어 보였다. 요양원에 있는 시어머니가 돌아가시면 부담이 좀 줄어들려나. 하지만 하루걸러 들깨토란탕이 먹고 싶다, 갈치조림이 먹고 싶다 전화하시는 걸 보면 자기보다 더 오래 사실 것만 같았다.

흰머리가 검은 머리보다 더 많아지고 몸도 예전 같지 않아 여기저기가 아픈데 얼마나 더 버틸 수 있을까.

다가올 미래가 두려웠다. 폐지를 줍고 있는 할머니들도 예사로 보이지 않고 골방에서 혼자 죽는 노인들도 다른 세상 사람처럼 느껴지지 않았다. 지갑에 돈이 있어도, 카드가 몇 장이나 있어도 두려움 때문에 선뜻 쓸 수가 없었다. 미래는 지금보다 훨씬 더 안 좋을 거란 비관이 절대 틀리지 않을 것만 같았다.

어쩌다가 내 인생이 이렇게 됐을까. 그렇게 주도면밀하고 신중하게 살아왔는데 왜 이렇게 나락으로 떨어졌을까. 너무 생각한 게 문제였나? 은희처럼 단순하고 감정적으로 살지 않아서?

하지만 그건 자신의 잘못이 아니다. 그저 부모에게 배운 대로 살아왔을 뿐이니까.

어린 시절 김인경의 집에는 일주일의 할 일과 계획을 적어놓는 칠판이 있었다. 각자가 해야 할 일을 하지 않으면 혼이 났고, 계획을 잘 실천하면 엄마가 만든 카스텔라를 먹을 수 있었다. 김인경이 나중에 반 아이들에게 활용한 '칭찬스티커'는 엄마에게 배운 거였다.

동생들 숙제 봐주기, 빨래 걷기, 식사 준비 돕기는 큰딸로서의 기본적인 의무였다. 그러고도 계획대로 학교 공부를 해내고, 피아노와 발레 학원도 빠짐없이 다녔다. 하지만 은희는 자기 계획을 지키기는커녕 해야 하는 일도 안할 때가 많았다. 큰딸인 자신보다 훨씬 적은 일이었는데도. 그러면서도 카스텔라를 못 먹게 되면 울면서 떼를 썼고, 엄마가 주지 않으면 다른 형제들의 것을 빼앗아 먹었다. 놀고 싶으면 숙제가 있어도 그냥 놀고 카스텔라를 먹고 싶으면 남의 것이라도 먹는 동생이 김인경은 한심했다.

은희 쟤는 커서 뭐가 되려고 저러나?

동생을 보며 어른처럼 그런 말을 중얼거리기도 했었다. 그런데 이제 와보니 한심한 인생을 살고 있는 건 은희가 아니라 자신이었다. 자기처럼 남편, 시댁 신경 쓸 일이 없는 은희의 삶은 얼마나 심플하고 홀가분한가. 부모가 이혼했지만 은희 아들 정우는 자기 아들보다 더 삐딱하지도 않고 속을 썩이지도 않는다. 게다가 효녀 노릇도 하고, 부모님이 돌아가시면 집까지 받게 됐으니 노후 걱정도 없다. 그런데 자신은……

은희를 향해 컵을 던졌지만 진짜 화가 났던 상대는 부모였는지도 모른다. 부모의 기대에 어긋나지 않는 착한 딸로 살려고 아등바등 모든 것을 속으로 감내하며 버텼는데 그 보답이 겨우 이거란 말인가. 나쁜 아내, 나쁜 교사, 나쁜 엄마라는 말까지 듣지만 적어도 나쁜 딸은 아니었다. 자식이 속을 후벼 파고 집을 나간 지금도, 당신들이 걱정할까 봐 말도 못 하고 끙끙거리는데, 왜 당신들은 착한 딸도 아닌 은희 걱정만 하면서 그 애 몫이 아닌 카스텔라까지 다 주려 하냐고!

이곳에 더 있다가는 큰일을 낼 것만 같아 김인경은 누군가에게 연행되듯 자신의 몸을 자동차 안에 욱여넣고 시동을 걸었다. 그런데 차가 말을 듣지 않았다. 여러 번 시도해도 마찬가지였다. 그제야 이 차도 연식이 오래됐다는 게 떠올랐다. 겉으로는 멀쩡해 보이지만, 속에서는 탈이 난 것이다. 그게 꼭 자기 같아, 그런 자신을 아버지가 계속 지켜보고 있는 게 싫어 김인경은 김영춘에게 차갑게 말했다.

"저는 갈 테니까 그만 들어가세요."

"이대로 그냥 가겠다고? 인경아, 그 도둑놈한테서 은희를 떼어놔야 한다니까. 안 그러면 그놈이 우리 집에 무슨 짓을 할지 모……."

"내 자식들 뒤치다꺼리하는 것도 힘들어죽겠는데 내가

언제까지 다 큰 동생들을 챙겨야 돼요?"

"뭐?"

"그만큼 맏이 노릇 했으면 됐잖아요. 이제 날 좀 놔주라고요!"

"그게 무슨 소리냐? 놔주라니?"

"내 자식들 엄마 아버지가 책임질 거예요? 아니잖아요. 그러니까 엄마 아버지 자식들도 나한테 떠맡기지 마세요!"

수십 년 묵은 체증이 싹 풀린 것처럼 속이 후련할 줄 알았는데, 속이 더 아프고 눈물이 흘렀다. 그 눈물을 아버지에게 들킬세라 김인경은 말을 듣지 않는 자동차를 포기하고 차 밖으로 나와 뛰기 시작했다. 아버지가 뒤따라 올까 봐 온 힘을 다해 달렸다.

한참 달리는데 전화벨이 울렸다. 자신이 뺨을 때렸던 아이의 엄마에게서 걸려 온 전화였다. 선생님께 드릴 말씀이 있다는 말에 김인경은 가슴이 철렁했다. 사과하고 없던 일로 하기로 했는데 학부모의 마음이 다시 바뀐 게 아닐까. 다른 교사들이 자신을 쫓아내려고 그 학부모를 들쑤신 게 아닐까. 속이 탔다.

"네, 말씀하세요."

"그게…… 우리 애한테 그동안 학교에서 있었던 얘기를

들었는데요."

뼈아픈 부끄러움에 얼굴이 화끈거렸다.

"우리 애가 아무한테도 말하면 안 된다면서 얘기해줬는데, 선생님이 아셔야 할 것 같아서요. 옆 반에 혜주라는 애한테 들었대요."

"네?"

"선생님 아들이 음주 운전하다 교통사고를 냈다는 얘기요. 혜주 엄마가 그 피해자래요."

세상에 이런 우연이 있을 수 있을까. 아들이 교통사고를 낸 상대가 우리 학교 학부모라고?

그것도 모르고 엉뚱한 동료 교사와 아이들을 의심하고 그런 소란을 피웠던 자신이 끔찍했다. 더 이상 선생 노릇을 할 면목이 없었다.

다급히 택시를 잡고 나서 뒤를 돌아보니 아버지는 저만치 뒤처진 채 망연히 이쪽을 바라보고 있었다. 하필 아버지 생신날에 생전 하지도 않았던 말을 퍼부은 것이 후회됐지만, 사실대로 지금 상황을 털어놓은 것보다는 낫다고 스스로를 위안했다.

김인경이 스승의날 대통령 표창을 받았을 때, 부모님은 그 상을 여러 장 복사해 집에 걸어놓고 친구들을 만날 때도 가지고 나가 자랑했었다. 그렇게 자랑스러워했던 큰딸이 이렇게 몰락했다는 걸 알면, 큰딸의 인생이 이렇게 엉망진창이란 걸 알면 부모님은 무척이나 속상할 것이다.

그래, 자식이 불행하면 부모도 마음이 편치 않으니 내 부모를 위해서라도 내 가족, 내 새끼들을 구하는 것이 먼저야.

김인경은 자기를 닮아 다른 사람들의 감정에 예민해 남의 집에서 일주일이나 민폐를 끼치고 있을 리가 없는 아들이 걱정스러워 다시 문자를 보냈다.

—잘 있는 거지? 다 잘될 거니까 걱정하지 마. 보고 싶다, 아들.

아무리 나쁜 엄마라 욕을 먹었어도, 자신을 증오한다는 말을 들었어도 아들이 보고 싶었다. 첫째가 군대에 가 있는 상황에서 둘째까지 집을 나가자 집 안이 사막처럼 황량하게 느껴져 집에 들어가기도 싫었다. 그래서 알았다. 부모에게 집이란 자식들이 있는 곳이란 걸.

누군가 그런 말을 했던 것도 생각났다. 자식은 선불이고 부모는 후불이라고. 자식은 태어날 때 이미 기쁨과 행복을 다 줘서 자식한테는 베풀기만 해도 억울하지 않은데, 부모한테는 이미 받아먹은 건 기억나지 않고, 내가 내야 할 비용만 남은 것 같아 늘 부담스러운 거라고.

김인경의 지금 심정에 꼭 맞는 말이었다. 아들한테 문자를 쓰고 있는데 자꾸만 전화를 걸어오는 아버지가 짜증스러웠다. 문자를 다 보내자마자 핸드폰을 비행기 모드로 설정했다. 핸드폰 액정 속 작은 비행기 그림을 보면서 이제부터 정말 비행을 시작하는 거라고 마음을 다졌다.

김인경은 비행기가 이륙하기 직전 온 힘을 다해 활주로를 달리는 그 시간을 좋아했다. 공중에 날아올라 구름을 볼 때보다, 비행기가 그 무거운 몸체에 사람들을 가득 태우고 하늘로 가기 위해 온 에너지를 다 쏟는 그때 늘 가슴이 뭉클했다.

이제 나에게도 그런 시간이 온 거야. 내 아들을 태우고, 내 가족을 태우고 이 곤경을 빠져나가기 위해 난 혼신을 불태울 거야. 자존심, 체면, 이성 따위는 개나 줘버려.

변호사 사무실에서 피해자를 만나면 무릎을 꿇고 빌 것이다. 아들 때문에 유산을 했는지 아닌지 그런 건 따지지 않고 무조건 잘못했다고 빌 것이다. 아들 때문에 동생을 잃고 상처받은 그 아이, 혜주한테도 용서를 구할 것이다. 자신을 찾아내겠다고 눈에 불을 켠 선생님 때문에 얼마나 공포에 떨었을까. 내일 학교에 가서 사표를 내고 퇴직금을 받아 합의금을 주겠다고 약속할 것이다.

퇴직하고 나면 우리 가족의 생계는 어떻게 꾸릴지에 대한 대책도 착착 세워졌다. 엄마를 요양원에 보내고 아버지는 자신이 모시면 된다. 아이들이 좋아하는 젊고 예쁜 교사에게 교단을 물려주고 자신은 다시 시작하는 거다. 새로운 계획표를 세우는 거다. 엄마와 시어머니한테 맛있는 것도 만들어드리고, 아버지랑 문화센터도 다니고, 남편과 아들의 뒷바라지도 잘하면서 노후를 준비해야지. 은희도 좋은 남자 만나 새 출발 할 수 있도록 도와줄 거다.

그렇다고 부모님의 집을 자신이 다 차지하겠다는 그런 욕심은 부리지 않을 거다. 자신은 맏이니까. 그 옛날 카스텔라를 나눠 줬던 엄마를 대신해 그 집도 공평하게 네 조각으로 나눌 거다.

그게 어머니 아버지를 위해서도, 동생들을 위해서도, 자신과 아들, 남편을 위해서도 최선의 방법이다. 모두가 희망을 가지고 살 수 있는 유일한 길이다.

김인경은 택시에서 내려 변호사 사무실을 향해 걸어가기 시작했다. 처음 교사가 돼 교실에 들어갈 때처럼 두 다리에 힘이 들어갔다. 코끝에서 탄내 대신 카스텔라 냄새가 나기 시작했다.

달걀과 우유, 설탕이 섞여 달콤하고 행복한 기분을 느끼게 해주는 그 냄새를 맡으며 김인경은 두 팔을 벌리고 달렸다. 이번에는 비행에 성공할 수 있을 것 같았다.

김현기

새벽 5시. 김현기가 자기 부모를 죽였다며 경찰에 자수
했다. 오랜만에 집에 갔는데 보자마자 화를 내는 아버지를
식칼로 찌르고 비명을 지르는 엄마의 입을 찹쌀떡으로 막
아버렸다고 했다.

 형사들은 김현기의 말을 의심하지 않고 바로 유치장에
가뒀지만 다음 날 경찰서로 찾아온 김은희가 동생은 범인
이 아니라고 주장했다. 그렇게 말하는 김은희의 몸에서는
술 냄새가 독하게 났기에 이 사건의 담당이 된 최 형사는
그녀의 말을 건성으로 들었다.

 "그 현장에 제가 있었어요. 제가 목격자예요."

 "뭘 목격했는데요?"

"남자랑 여자가 있었어요. 아버지가 두 사람을 막고 몸싸움을 벌이다가 남자가 아버지를 칼로 찔렀어요. 아니, 여자가 먼저 찔렀나…… 어쨌든 현기는 아니었어요."

"그러니까 그 두 사람은 전혀 모르는 사람들이고요?"

"그게 잘 기억이…… 중간중간 아주 짧은 장면만 떠오르는데…… 아, 제가 아는 사람들 같아요. 우리 언니랑 오빠예요. 맞아, 언니랑 오빠가 아버지와 엄마를 죽였어요."

부검으로 밝혀진 김영춘과 이정숙의 사망 추정 시각은 새벽 1시에서 3시 사이. 그 시각 김인경은 자기 집에 있었다. 김인경의 아파트 시시티브이가 그 사실을 증명해주었기에, 최 형사는 김은희의 말이 신빙성 없다고 판단했다. 김현창의 알리바이는 확인되지 않았지만 대학교수에 유명한 의사이기도 한 그가 자신의 부모를 그런 식으로 죽이지는 않았을 것이다.

그리고 범인을 찾지 못했다면 모를까, 이미 범행을 자백한 김현기가 있는데 굳이 다른 가능성을 열어놓고 수사할 필요는 없었다. 딱 보기에도 횡설수설하는 김은희보다 홧김에 그랬다는 김현기의 진술이 더 설득력 있고 상황 묘사도 디테일했다. 요즘 들어 자주 발생하는 부모와의 갈등으로 인한 살인 사건 같았다.

자수한 날부터 김현기는 자신의 잘못을 반성하듯 유치

장에 넣어주는 식사도 먹지 않고 잠도 거의 자지 않았다. 하지만 조사를 받을 때마다 성실하게 임했다.

"새벽 2시가 넘은 시간에 부모님 집에는 왜 간 거지?"

"물류센터에서 야간 알바를 해서 끝나고 바로 간 거예요. 어제가 아버지 생신날이라."

"집에 갔을 때 누나 김은희는 집에 없었나?"

"이층에서 자고 있었어요."

"아래층에서 그런 일이 벌어지는 것도 모르고?"

"술을 많이 마신 것 같았어요."

"직접 확인했어?"

"네."

"왜?"

"네?"

"왜 누나가 자나 안 자나 확인했냐고. 애초에 부모님을 살해할 의도를 가지고 집에 갔으니까 그런 거 아냐? 우발적으로 홧김에 그랬다는 건 거짓말이지?"

김현기는 무언가 깨우친 듯한 표정으로 고개를 끄덕였다.

"……네, 맞습니다."

"왜 부모님을 죽이기로 마음먹었지?"

"자꾸 전화가 와서요."

"뭐?"

물류센터에서 일하는 동안에는 핸드폰을 받을 수 없는데, 하루에도 몇 통씩 전화하는 아버지 때문에 김현기는 괴로웠다. 전화를 받지 않으면 불효자식을 저주하는 문자를 보냈는데 처음엔 기분이 나빴지만 언제부턴가 그런 문자를 볼 때마다 재밌는 유머라도 읽는 듯 웃음이 났다. 불효자라는 말에 그런 마법이 있는 것 같았다. 처음 들을 때는 욕 같은데 자주 듣다 보면 '그래, 나 불효잔데 어쩌라고, 배 째!' 하는 심정이 되면서 더 엇나가게 됐다. 다른 사람들에게도 더 함부로 대했다.

내 부모 말도 안 듣는 놈이 남의 말을 잘 듣는 게 말이 돼?

그날은 다른 날보다 더 많은 부재중 전화와 문자메시지가 와 있었다. 확인하지 않고 다시 일하러 가려는데 광수에게서 전화가 왔다.

"은희 누나가 집에 불을 질러버리겠다면서 우리 세탁소에 있던 기름을 가지고 갔어!"

김현기는 무시하고 전화를 끊었다. 그래서 뭐 어쩌라고? 어차피 자신은 가족을 버리고 나온 사람이니 누나가 집에 불을 지르거나 말거나 신경 쓸 것 없다고 외면했다. 사실 신경 쓸 겨를도 없었다. 무슨 이벤트라도 있었는지 그날따라 주문량이 폭발해 출고할 물량이 엄청났다. 크기와 모양이 각각 다른 상자들을 파렛트 위에 차곡차곡 쌓은 후, 랩으로 감아 지게차가 실어 갈 수 있게 하는 게 김현기의 할 일이었다.

일을 할 때마다 어렸을 때 했던 블록놀이가 생각났다. 작은 블록들을 조합해 로봇도 만들고, 자동차도 만들고, 집도 만들었었는데 김현기는 그중에서 집 만들기를 좋아했다. 창문이나 문 같은 걸 달 때는 김은희가 도와주었다. 김은희는 창이 많은 집을 좋아해 항상 창을 너무 많이 달려고 해 김현기와 다퉜다.

"이건 내 집이니까 내 맘대로 지을 거야!"

그렇게 화를 내고 돌아앉아 씩씩거리고 집을 만들다 보면 어느샌가 김은희가 또 다가와 놀려댔다.

"바보, 문도 안 달아놨네. 문 없는 집이 어딨냐?"

"그런 거 없어도 돼. 그러니까 누나는 손대지 마."

김은희가 자신의 집을 건들까 봐 몰래 숨어 만들기도 했었다.

그 블록놀이 덕분인지 김현기는 다른 사람들보다 일의 습득 속도가 빨랐다. 컨베이어벨트를 타고 나오는 상자를 보는 순간, 이건 어디 귀퉁이에 놓아야 할지 어느 상자 위로 쌓아야 할지 빨리 판단해 쓰러지지 않게 잘 적재하는 것이 이 일의 관건인데, 거칠고 욕 잘하기로 유명한 조장도 김현기에게는 잔소리하지 않을 만큼 일을 잘했다.

그런데 그날은 달랐다. 김현기가 상자를 쌓은 파렛트를 조장이 지게차로 가져가다가 랩으로 감싼 상자들이 허물어졌다. 조장이 지게차 운전을 험하게 해서 그럴 수도 있는데 그는 다짜고짜 현기 탓을 하며 눈을 부라렸다.

"미친 새끼, 일 똑바로 못 해!"

"죄송합니다."

그 말을 하는데 공무원 시험을 포기하겠다고 집을 나올 때 아버지가 자기에게 했던 말이 떠올랐다.

"평생 변변치 못한 일이나 하면서 잘못했다, 죄송하다는 말이나 입에 달고 살 거야? 결혼도 못 하고 자식 하나 없이 혼자 골방에서 살다 죽을 거냐고!"

아버지의 말은 하나도 틀리지 않았다. 공무원 시험을 포기한 후, 김현기가 제일 많이 한 말은 '죄송합니다'니까. 자신이 잘못하지 않아도 무조건 죄송하다는 말부터 해야 하는 게 자신이 살아갈 세계의 생리였다. 오랫동안 사귀던 여자친구도 떠나갔다. 그녀랑 헤어질 때도 미안하다는 말을 한 사람은 김현기였다. 미래를 함께하기로 약속해놓고 다른 사람과 선을 보고 결혼한다며 떠나는 것이니 잘못한 사람은 그녀고 미안하다는 말을 해야 하는 것도 그녀다. 하지만 김현기는 자신이 못나서 그녀가 그런 선택을 할 수밖에 없는 거라고 미안해했고, 그녀 역시 오랫동안 기다리고 또 기다린 자신을 실망시켰다며 김현기를 원망했다.

작업 막바지, 또 사고가 일어났다. 앞 라인에서 일하는 동료가 지방으로 가는 물건과 수도권으로 가는 물건을 잘 분류해 넘겨야 하는데 그걸 제대로 못 하는 바람에 김현기가 맡고 있는 수도권 파렛트에 지방으로 가는 것들이 섞인 것이다. 그 사실을 뒤늦게 알게 된 조장은 김현기를 향해 가차 없이 발길질을 했다.

"눈은 장식으로 달고 있냐? 눈으로 보고도 이걸 그냥 쌓고 있냐고, 이 병신아!"

물건 분류를 맡은 사람의 실수니 질책을 당할 사람은 자신이 아니었지만 이러다 퇴근 시간을 넘길까 봐 잔뜩 어두운 얼굴로 자신을 바라보는 동료들을 보자 시시비비를 가릴 수가 없었다. 동료들 중에는 낮에는 다른 일을 하고 이곳에서 야근을 하는 투잡러가 반이나 됐다. 지칠 대로 지쳐서 빨리 집에 가기만을 고대하고 있는 그들을 생각해, 김현기는 화를 내는 대신 또 고개를 숙였다.

"죄송합니다."

같은 말을 너무 많이 해서 그런지 이제는 그 말을 하면서 수치심이나 모멸감도 들지 않았다. 조장도 더 이상 화를 내지 않고 오히려 은근슬쩍 미안한 눈빛을 건넸다. 일을 다 끝내고 지게차로 상차까지 마친 후에는 김현기를 구석으로 따로 불러 담배를 권했다.

"새로 들어온 신입 새끼 혼쭐내면 내일부터 또 안 나올 것 같아 너한테 그런 거야. 그 새끼, 이제 겨우 일머리가 생겼는데 관두고 또 신참이 들어오면 우리만 개고생이잖아!"

김현기는 고개를 끄덕였다. 그렇게 깊은 뜻이 있는 줄은 몰랐다.

"내가 조장 자리 너한테 물려주려는 거 알지?"

"네? 저한테요?"

3개월이나 6개월, 길어봤자 1년 계약서 쓰고 알바하는 이곳에서 2년의 계약 기간이 보장되고 잘하면 정규직도 될 수 있는 조장 자리는 엄청나게 탐나는 위치였다. 알바생을 뽑고 자르는 권력까지 쥐고 있어, 여자들이 많이 일하는 포장 라인에서는 조장에게 잘 보이려고 별별 로비를 다 한다는 이야기도 있었다. 그걸 흉보는 남자들도 마찬가지로 형님 형님, 하면서 조장에게 갖은 애교를 떨었다.

"출출한데 감자탕집 가서 한잔하고 가자."

조장 자리를 물려준다는 이야기가 없었더라면 죄 없는 자신에게 발길질한 게 미안해서 술 한잔 사주고 싶다는 말로 알아들었을 테지만 이제는 그렇게 들리지 않았다. 감자탕값을 낼 사람도 조장이 아니라 자신이었다. 그 대가로

알바 인생을 끝내고 안정된 일자리를 얻을 수 있을지도 모른다는 희망에 김현기는 침을 삼켰다. 하지만 선뜻 조장을 따라갈 수 없었다. 광수의 전화가 마음에 걸렸다. 신경 쓰지 않으려 했지만 일하는 내내 집이 불타는 모습이 눈앞에 어른거렸다.

"죄송한데, 다음에 마시면 안 될까요? 오늘은 아버지 생신이라 집에 가봐야 하거든요."

조장의 얼굴에 웃음기가 가셨다.

"미친놈. 핑계를 대려면 좀 성의 있게 하지, 뭐 아버지 생신? 지금이 몇 시야? 새벽 2시에 생일 파티하는 집구석이 어딨어?"

또다시 발길질이라도 할 듯 조장의 얼굴이 험악해졌다.

"핑계 대는 거 아닙니다. 정말로 아버지 생신이라 집에서 몇 번이나 전화가 왔었는데 받지 못해서 늦게라도 가보려고요."

"그래, 가서 효도 많이 해라, 새꺄. 니 아버진 좋겠다. 이렇게 훌륭한 일하는 아들 둬서. 크크."

같은 일을 하는 동료에 대한 조롱과 무시는 이 바닥에선 일상이었다. 처음에 김현기는 그게 너무 이해되지 않았다. 관리자나 다른 곳에서 일하는 사람들이 그런다면 몰라도 힘든 일을 같이하고 있는 동료들끼리 왜 그러는 것인지.

그런데 이제는 어렴풋이 알 것 같았다. 낮은 곳에서 고통받는다고 해서 남에게 착해지지 않는다. 오히려 가학적인 마음이 생긴다. 동료를 괴롭힐 수 없으면 자학이라도 해야 견딜 수 있을 만큼 그들이 감당하고 있는 삶의 하중은 무겁고 재미없는 것이다.

"죄송합니다."

이번엔 진심이었다. 잠깐이나마 조장이라는 작은 권력을 즐기며 윗사람들에게 받은 스트레스를 해소할 기회를 빼앗은 것이 정말 미안했다.

"나한테 죄송할 거 없어. 너한테 죄송해야지."

"네?"

"스스로 복을 걷어찼으니까 너 자신한테 사과하라고, 새끼!"

그 말에 순간 가슴이 저릿했다. 정규직이 되는 것도 아니고 될 수 있을지도 모른다는 아주 작은 희망일 뿐인데도 그 희망이 날아간 것이 가슴 아팠다. 그리고 그런 자신의 비루함에 환멸이 일었다. 엄마가 위독하다는 전화에도 눈 하나 깜짝하지 않으면서 집이 불타는 걸 걱정하는 자신의 마음도 의심스러웠다.

"펑펑 게으름이나 피며 놀다가 우리 죽으면 유산 받아서 그걸로 먹고살 생각이나 하니까 시험에 떨어지지. 아니면 왜 떨어져?"

그 말을 들을 땐 억울했다. 그런데 이제 와 보니 아버지
의 말이 맞는 것 같았다. 집이 불타면 유산이 사라지는 거
니까, 그래서 신경 쓰지 않는다고 해놓고는 노심초사하고
조장이 모처럼 베푸는 호의도 발로 차는 거다. 자기가 생
각했던 것보다 자신은 훨씬 더 나쁜 놈이었다.

"김은희가 세탁소에서 기름통을 가지고 갔다고?"

죽은 김영춘과 이정숙의 옷에서 기름 냄새가 났던 걸 기
억하고 있었기에 최 형사는 그 말을 되짚었다.

"……광수가 그냥 지어낸 소리였어요."

"왜? 한밤중 친구한테 전화해서 왜 그런 거짓말을 하지?"

"얼마 전에 그 자식이랑 싸웠었거든요."

같은 동네에서 함께 자랐지만 김현기는 광수와 친하게
지내지는 않았다.

질이 나쁜 아이니까 놀지 마라.

그 말을 한 사람이 엄마였는지 아버지였는지는 기억나
지 않지만, 광수를 볼 때마다 김현기는 그 말이 생각났다.
그래서 자신이 가족 중 제일 좋아하는 은희 누나가 광수
와 만난다는 걸 알았을 때 더 화가 났다.

이미 화난 채로 찾아갔는데 광수는 누나에 대해 막말을

지껄였다.

"밤에 취해서 막 돌아다니고 다음 날에는 기억도 못 해."

"뭐?"

"그래서 술을 못 마시게 하면 더 난리가 난다니까. 알코올중독인가 봐."

"너 이 새끼, 네가 우리 누나 그렇게 만든 거 아냐?"

"이 병신아. 나 때문에 그런 게 아니고 너네 가족 때문에 누나가 그렇게 된 거야."

"우리 가족이 왜?"

"진짜 그걸 몰라서 묻냐? 부모님 은희 누나한테 다 떠맡기고 나 몰라라, 그렇게 몇 년 동안 살고 있으면서 뭐? 우리 가족이 왜? 옛날에 나 진짜 너네 집 부러워했는데, 이젠 실망했어. 현창이 형, 인경이 누나, 현기 너까지 다 나쁜 인간들이야."

자기만 건드린 게 아니라 형과 누나까지 싸잡아 욕하는 광수를 보니 속이 부글부글 끓었다.

"니까짓 게 뭔데 우리 가족한테 실망했다 그따위 소리를 해?"

"나 은희 누나 좋아해."

"뭐?"

"너보다 더 은희 누나를 걱정하고 사랑한다고, 이 새끼야!"

세상에서 가장 심한 욕을 들은 것 같은 모욕감이 들어 김현기는 참을 수가 없었다.

난생처음 몸싸움을 벌였다. 10년 동안 준비했던 공무원 시험을 포기하고, 여기저기 떠돌며 막일을 하니 성격도 행동도 바뀌는 것 같았다. 그동안은 이미 공무원이라도 된 양 어디서든 품위 유지가 의무라도 되는 것처럼 살아왔는데, 육체노동자로 살게 되니 자기도 모르게 거칠게 말하고 행동하게 됐다. 그래봤자 겨우 1년 그렇게 산 것뿐이니 줄곧 거칠게 살았던 광수를 싸움으로 이길 수는 없었다. 때린 것보다 더 많이 맞았다. 이래저래 속상해 누나 은희에게 전화했는데 누나는 자기편을 들지 않고 오히려 광수를 편들며 비수를 꽂았다.

"결혼도 취직도 아무것도 안 해본 너보단 나아."

뼛속까지, 골수를 타고 머리의 가장 깊은 곳까지 그 말이 독처럼 침투해 결혼도 취직도 아무것도 못 해본 놈의 열등감을 자극했다. 그래서 신경 쓰지 말기로 했다. 누나가 미치든 말든, 누구랑 연애하든 재혼을 하고 또 이혼하든 말든.

"그 뒤로 광수 번호 차단했는데 그날 밤에는 광수가 누나 핸드폰으로 전화를 걸어온 거예요."

"김은희의 핸드폰으로?"

"네."

"그럼, 그 시각에 두 사람이 같이 있었다는 소리네. 전화가 왔을 때가 정확히 몇 시?"

"딱 한 번 15분 쉴 수 있는 휴식 시간 중 걸려 온 거니까, 밤 11시요."

네 시간 동안 쉬지 않고 일하다가 겨우 화장실을 다녀오고 믹스커피 한잔 마시는 휴식 시간이었다. 김현기는 너무 달짝지근하고 텁텁한 믹스커피가 싫었다. 그런데 어디로 일을 가나 다 믹스커피가 있었고, 사람들은 마시는지 묻지도 않고 믹스커피를 내밀었다. 그들과 어울리기 위해 김현기는 억지로 믹스커피를 먹었다. 그때마다 도서관에서 함께 시험 준비를 하던 친구가 했던 말이 생각났다.

"시험에 떨어지면 죽을 때까지 믹스커피 인생을 벗어날 수 없는 거야. 그게 왜 무서운지 아냐? 노가다를 뛰기 시작하면 이제 돈이 있어도 카페에서 커피를 못 사 먹어. 작업장에서 주는 공짜 믹스커피만 먹다가 5천 원짜리 커피를 돈 아까워 어떻게 마시겠냐? 영혼이 궁핍해지는 거지. 생활이 빈곤한 건 돈을 벌면 해결되지만 영혼의 빈곤은 쉽게 극복되지 않아."

아버지도 비슷한 말을 했었다.

"처음엔 한 발 뒤처졌으니까 열심히 따라잡으면 된다고 생각하지. 그런데 그게 두 발 되고, 세 발, 네 발 되는 건 순식간이야. 애초에 남보다 한 발 앞설 생각을 해야지 안 그럼 평생 낙오되는 거야."

'한 발.' 김현기는 그 말이 무서웠다.

"딱 한 발만 더 가면 되는데, 왜 너는 그걸 안 하고 포기하냐."

안 하는 게 아니라 죽도록 해도 안 되는 건데, 그 한 발의 간극을 채울 수가 없는데, 계속 그렇게 채찍질하는 부모님이 무서웠다. 아니, 안 될 줄 알면서도 이번에는 부모님을 실망시키지 말아야 하는 마음으로 계속 매달리는 자신의 미련함이 슬펐다.

"알았어. 계속 진술해봐."

빈자리 하나 없이 사람들로 가득 차 있는데도 셔틀버스는 너무 조용했다. 모두 눈을 감은 채 자거나, 핸드폰만 들여다봤다. 그래서 자신의 핸드폰 벨 소리가 들렸을 때 김현기는 깜짝 놀라 얼른 전화를 받았다. 통화 버튼을 눌렀지만 자는 사람들에게 방해될 것만 같아 아무 말도 하지 않고 듣기만 했다.

헤어진 여자친구의 전화였다. 다른 남자와 결혼했다는

소식은 들었지만 직접 연락을 해 온 것은 헤어지고 처음이었다.

"나야. 잘 지내지? 나도 잘 지내."

김현기는 아무 대답도 하지 않는데 그녀는 독백하듯 혼자서 한참을 떠들었다. 그 목소리가 밝아서 김현기는 기쁘고, 또 아팠다.

"너 물류센터 다닌다며? 그 얘기 전에 들었는데 이번에 우리 남편이 그 회사 주식을 샀는데 완전 대박 났거든. 그래서 네 생각이 나더라. 일은 재밌어? 계약직? 그래도 그 회사 돈 엄청 많이 번다니까 월급은 많이 주겠다."

최저임금뿐인 주간직으로는 부족해 야간 수당이라도 받으려고 남들 다 자는 시간에 일하느라 탈진 상태가 돼 눈을 감고 있는 동료들이 들을까 봐 김현기는 핸드폰의 소리 볼륨을 더 낮췄다.

"3백만 원은 넘어? 나중에 정직원으로 올려주고? 그럼 좋을 텐데. 그러면…… 그러면 나도 너랑 살 텐데……."

갑자기 달려든 오토바이나 자동차에 치인 것처럼 김현기의 정신이 그 말에 훅 나가떨어졌다.

"돈돈돈, 돈밖에 모르는 남자랑 이혼하고 너랑 살 텐데……."

쓰러진 김현기를 다시 한번 더 치고 지나가며 그녀는 울

음을 터뜨렸다. 그 소리에 옆에 앉은 사람이 눈을 뜨고 흘
끔 김현기를 돌아봤다. 김현기는 죄라도 지은 양 창가로
돌아앉아 소리 볼륨을 더 줄였다. 너무 줄여 이제는 아무
소리도 들리지 않았지만 김현기의 귀에는 계속 그녀의 울
음소리가 들렸다. 통화가 끊기고 나서도 그 울음소리는 그
치지 않았다.

김현기는 평소 내리던 곳보다 더 빨리 셔틀버스에서 내
렸다. 부모님 집에서 꽤 먼 곳이었지만 여자친구가 살던
집과는 가까운 곳이었다. 순간 김현기는 연애하는 10년
동안 자주 드나들던 그녀의 집에 찾아가 그녀가 행복하지
않은 것 같은데 알고 있냐고, 당신들도 그녀의 불행에 책
임이 있다고 행패를 부리고 싶은 충동이 들었다. 번듯한
직장을 가져야만 자기 딸과 결혼할 수 있다는 그녀의 부
모 때문에 두 사람은 헤어지게 된 거니까.

하지만 김현기는 알고 있었다. 자신은 절대 그러지 못할
거라는 걸. 자신이 할 수 있는 말은 '죄송합니다'뿐이라는
걸. 누구에게나 죄송한 인생, 그게 실패한 자신에게 주어
진 삶이었다.

김현기는 부모님 집 쪽으로 발길을 돌렸다. 꽤 먼 거리
지만 택시를 타지 않고 걸어가기로 했다. 마음이 급해 거
의 뛰다시피 했다. 그러면서 불길이 보이지는 않는지, 소

방차 사이렌 소리는 들리지 않는지 신경을 곤두세웠지만 그런 낌새는 보이지 않았다. 광수가 장난으로 한 말에 속아 여기까지 온 게 아닌가, 의심이 들려는 때 어디선가 펑 하는 소리가 났다. 김현기는 자기가 이번에도 한발 늦었다고 생각했다. 늘 그랬듯이.

"근데 집은 무사했어요."

"그때 네가 들은 건 세탁소 폭발 소리였던 거지? 그쪽에 지나가면서 수상한 사람은 못 만났어?"

"못 봤어요. 정신없이 우리 집만 향해서 달려가던 중이라 사실 세탁소에 불이 난 것도 몰랐어요."

"그래서 그다음은?"

"전에 말했던 대로에요. 집에 도착했는데 아무 일도 없어 보여서 다행이다 생각했는데, 아버지가 뭘 훔치러 이 밤중에 도둑놈처럼 들어왔냐고 보자마자 욕을 해서…… 내 인생이 이 모양 이 꼴이 된 것도 다 부모님 때문이라는 원망에……."

"그게 무슨 소리야?"

"되지도 않는 시험에 매달리면서 시간을 허비하지 않았으면 지금 이렇게 살지는 않을 테니까요."

"그래서 부모를 죽여야겠다 생각하고 이층으로 올라가

누나부터 확인했다?"

"네."

"누나가 방해하면 누나까지 죽일 생각이었어?"

"그건…… 그땐 거기까진 생각해보지 않았어요. 원래 제가 그렇게 생각이 깊고 멀리 내다보는 편이 못 되거든요."

어디선가 아버지의 성난 목소리가 들리는 것 같았다.

한 치 앞도 못 보는 놈. 내 눈에는 이렇게 훤히 보이는데, 어떻게 너는 그걸 못 보냐! 까막눈이야? 봉사야?

"그래도 조카 방은 확인했을 거 아냐?"

"네?"

"김은희의 중학생 아들 말이야."

"늦은 시간이라 당연히 자고 있을 거라고 생각했어요."

"아니, 그날 김은희의 아들은 수학여행을 가고 집에 없었어. 그래서 그날 부모를 죽이기로 날을 잡은 거야. 그래도 어린 조카에게까지 충격을 주고 싶지 않았거나, 집에 사람이 많을수록 계획에 차질이 생길까 봐 그런 거지."

김현기는 자기보다 자신에 대해 더 잘 알고 있는 최 형사가 신기했다. 그는 항상 한발 앞선 채 자신을 다그쳤다. 아버지가 꼭 마음에 들어할 인물이었다.

김현기가 치렀던 공무원 시험 중에는 경찰직도 있었다. 7급 공무원 시험에 네 번째 탈락하고 나서 9급으로 방향을 돌리려고 했을 때, 그럴 거면 경찰직이 더 나을 수도 있다고 아버지가 조언했다. 넌 머리보다는 몸 쓰는 게 더 나으니 그쪽으로 가는 게 승진이 빠를 거라고. 하지만 김현기는 자신 없었다. 머리보다 몸이 나을 거라는 건 아버지의 희망 사항일 뿐이었으니까. 자신은 머리도 안 좋고 몸도 느린 데다 마음도 심약했다. 상대가 세게 나오면 주눅이 들어서 할 말도 못 할 만큼.

"네, 맞아요. 그랬던 것 같아요."

"그랬던 것 같아요가 뭐야 비겁하게? 그게 자기 부모를 그렇게 잔인하게 죽인 놈이 할 말이야?"

"네, 맞아요. 그랬습니다."

마침내 최형사가 흡족한 미소를 지었고 김현기는 안도했다.

"저기…… 우리 누나는 괜찮나요?"

"누나 누구? 김은희?"

"네."

김현기를 조사하는 것보다 매일 찾아오는 김은희를 돌려보내는 게 최 형사는 더 골칫거리였다. 김현기는 면회를 거부하는데도 김은희는 막무가내로 경찰서에서 버티며 김현기가 무슨 말을 했냐고 꼬치꼬치 캐물었다. 마지못해 몇 마디 해주면 모두 거짓이라고 단언했다. 김은희는 김현기에게 아들의 수학여행에 대해서도 말한 적 없다고 반박했다.

"최광수한테도 말 안 했어요?"

"광수요? 광수한테는 말했죠."

"그럼, 최광수가 김현기에게 얘기했을 수 있잖아요. 둘이 친구니까."

"그때 싸우고 난 이후로 광수는 내 동생이랑 연락 안 했어요!"

"그거야 모르는 거고. 그리고 그건 그렇게 중요한 문제가 아니에요."

"그렇죠, 형사님. 중요한 건 현기가 범인이 아니라는 거예요. 우리 언니랑 오빠가 모의해 저지른 일을 현기가 뒤집어쓴 거라고요."

"김현기가 왜요?"

"협박받았을 거예요."

"협박이요?"

"이혼할 거라고. 맞아요, 기억나요. 우리 오빠가 나한테도 그렇게 협박했어요."

"그게 무슨 말이에요? 이혼한다는 게 무슨 협박입니까?"

"가족 간에는 그것도 협박이에요. 내가 그 일을 안 하면

형네 가정이 깨진다, 그렇게 생각하면……. 그래서 현기가
거짓말하는 거예요."

"그러니까 부모님을 죽인 건 김현창이다. 뭐, 그런 계획
에 김인경도 관여했을지는 모르고, 어쨌든 직접 살해한 사
람은 김현창인데 그 죄를 김현기가 뒤집어쓰게 시켰다. 이
게 김은희 씨 생각인 거죠?"

"네. 둘은 어렸을 때부터 그랬어요. 자기들이 잘못한 것
도 우리가 잘못한 것처럼 꾸며서 부모님한테 우리만 혼나
게 했어요."

"예를 들면 어떤 식으로요?"

"예를 들면…… 아, 카스텔라를 내가 빼앗아 먹었다고
고자질하는 거예요. 나는 먹을 생각도 안 하고 있었는데
자기들이 와서 내 앞에 카스텔라를 막 흔들어대면서 놀려
요. 먹고 싶지? 한 입만 줄까? 그래서 내가 한 입 먹으려고
하면 엄마한테 내가 자기들 것을 다 빼앗아 먹었다고 소
리쳐요. 그럼 난 또 벌칙으로 다음 주에도 카스텔라를 못
먹게 되죠. 그게 너무 억울하고 화가 나 그다음에는 정말
로 카스텔라를 빼앗아 먹었어요. 그렇게 지들이 원하는 대
로 사람 하나 조종하는 건 두 사람한테 식은 죽 먹기예요."

"그럼, 당신이 집에 불을 지르려고 한 것도 그들에게 조
종당해 그런 거예요?"

"맞아요! 그날 언니가 나를 자극했어요. 그래서 술 마실 생각이 없었는데 언니 때문에 술을 마시게 됐고. 아버지가 세탁소까지 쫓아와서는 갑자기 광수가 오빠의 명예에 먹칠했다면서 광수의 뺨을 때렸어요."

"그래서 세탁소에서 기름통을 들고 나갔어요? 집에 불을 지르려고?"

"집에 불을 질러버리겠다는 생각은 수백 번도 더 했었는데……. 그래서 그날 밤에도 그걸 그냥 생각만 했는지 진짜로 하려고 했는지는 모르겠어요."

"최광수가 그걸 보고 김현기에게 당신 핸드폰으로 전화를 걸어 그렇게 말했다니까 사실이라고 봐야겠죠. 그런데 김현기가 집에 도착했을 때 당신은 방에서 깊이 잠들어 있고 기름통은 보이지 않았다니 길거리 어딘가에 놓고 온 거죠."

"그건 잘 기억 안 나요."

"그날 밤 김현기를 본 기억도 없죠?"

"네."

"당신이 잠들고 나서 김현기가 집에 도착했어요. 최광수의 말 때문에 조장한테 싫은 소리 들으면서까지 집에 왔는데, 집에 아무 일이 없자 김현기는 꼭지가 돌았고, 당신 아버지까지 화를 돋우니까 그런 일을 벌인 겁니다."

"그럼 내가 본 건 뭘까요? 난 분명히 두 사람을 봤는데."

"꿈이었겠죠."

"아뇨. 난 그날 밤 꿈을 꾸지 않았어요. 몇 년 만에 엄청 깊은 잠을 잤거든요. 부모님 집에 들어와서 그렇게 단잠을 잔 건 그날이 처음이었어요."

"그럼 망상이나 착란 같은 거겠죠. 술을 많이 마시면 그럴 수도 있어요. 오늘도 술 마셨나요?"

"아뇨. 그날 이후로 술 전혀 입에 안 댔어요."

그 말을 하는 김은희의 머리카락이 땀에 푹 젖어 있었다. 숨소리도 정상적이지 않고 손도 떨었다. 최 형사는 알코올중독인 아버지 밑에서 자랐기에 김은희의 모습이 알코올 금단증상이란 걸 단번에 알아챘다.

"병원에 가보지 그래요?"

"지금 무슨 소리 하시는 거예요? 어디서 이상한 말 들으셨어요? 그날 밤의 진실을 내가 아니까. 다 같이 짜고 나를 정신병자로 만들려는 거예요! 현기는 아니라고요!"

소리치던 김은희는 눈이 뒤집혀 흰자위를 드러내며 바닥으로 쓰러졌다. 최 형사는 119를 불러 김은희를 병원으로 태워 보내며 그녀가 했던 진술들을 머릿속에서 지워버렸다.

더는 김은희가 찾아와 방해하지 않으니 수사는 순조롭게 이어졌다. 그런데 이제는 김현창이 찾아와 김현기가 범인이 아니라고 주장하기 시작했다.

"현기를 만나게 해주세요. 그럼, 현기가 범인이 아니라는 걸 알게 되실 겁니다."

김은희와의 면회를 거부했던 김현기가 웬일인지 김현창의 면회는 거절하지 않았다. 그동안 무표정으로 일관하던 김현기의 얼굴에 얼핏 반가운 미소까지 어렸는데, 김현창은 김현기를 보자마자 차갑게 다그쳤다.

"그날 찹쌀떡이 몇 개 있었지?"

"형."

"어머니가 비명을 질러 찹쌀떡으로 입을 막았다고 했잖아. 근데 그때 찹쌀떡을 몇 개 넣었냐고."

"……."

김현기가 대답하지 못하자 김현창은 언성을 높였다.

"본인이 한 일을 왜 기억 못 해? 그리고 아버지를 찔렀다는 식칼은 어디서 가져온 거야?"

"그건 싱크대에서……."

"그날 그 칼은 싱크대에 있지 않았어. 그러니까 넌 아니야."

"아니야. 내가 분명히 우리 부모님을…… 그땐 너무 흥분해서 자세히 기억나지 않지만 분명히 내가 우리 부모님을 죽였어."

"왜?"

"아버지의 저주에서 풀려나고 싶었어."

"뭐?"

"안 믿었는데, 집을 나와 살아보니 아버지의 말이 다 맞더라. 나는 다른 사람들보다 게으르고, 그래서 항상 남들보다 한발 뒤처지고, 죄송하다는 말이나 입에 달고 살아. 이렇게 살다가 결국 골방에서 가족도 없이 혼자 죽게 될 것만 같아서, 그게 다 아버지의 저주 때문인 것 같아서……."

"……그래도 넌 아니야. 넌 못 해. 칼을 사람 몸에 깊게 찔러 넣으려면 얼마나 힘을 강하게 줘야 하는지 알아? 그 칼이 피부를 뚫고 들어가 뼈에 부딪힐 때까지 조금이라도 힘이 풀리거나 마음 약해지면 안 되는데, 네가 그걸 할 수 있다고? 그것도 네 번씩이나?"

형사의 질문이라면 할 수 있다고 자신 있게 말할 수 있었을 텐데, 자신을 너무 잘 아는 형의 말이라 김현기는 선뜻 답할 수 없었다. 김현창의 시선을 피해 고개를 떨군 채 작게 웅얼거렸다.

"그러니까……. 그땐 내가 아니었나 봐, 형."

"내 눈 똑바로 보고 말해."

최 형사는 김현창 앞에서 쩔쩔매는 김현기를 보며 김은
희가 했던 말이 떠올랐다. 머리가 좋은 김인경과 김현창은
자신들이 원하는 대로 김은희와 김현기를 쉽게 조종할 수
있다고 했었다. 김은희의 말을 증명이라도 하듯 김현기가
천천히 고개를 들고 김현창을 응시했다.

"내가 그랬어. 형, 미안해."

김현창이 짜증 섞인 한숨을 내쉬었다.

"바보 같은 놈."

더 이상 볼일 없다는 듯 매정하게 일어서는 김현창을 보
며 최 형사는 의구심이 생겼다. 왜 김현창은 이곳에 찾아
온 것일까. 그의 태도는 동생이 걱정돼 찾아온 형과는 거
리가 멀었다. 진짜 범인은 김현기가 아니라 김인경과 김현
창이라는 김은희의 말이 떠올랐다. 그 말이 맞다면 김현창
은 자신의 무혐의를 입증하기 위해 직접 찾아와 형사 앞
에서 김현기의 자백을 끌어내는 고도의 술책을 부렸다고
도 할 수 있었다.

그런 생각이 들어 최 형사는 면회실을 나가려는 김현창
을 제지했다.

"김은희 씨는 김현창 씨가 이혼한다고 협박을 해 김현기
씨가 거짓 자백을 했을 거라고 말했습니다."

김현기는 최 형사의 말이 끝나기도 전에 손사래를 쳤다.

"말도 안 되는 소리예요. 난 그런 얘기 들어보지도 못했어요."

하지만 김현창은 어두운 얼굴로 고개를 끄덕였다.

"네. 그랬어요. 협박하려고 그런 건 아니지만 은희한테 그런 말을 한 적은 있습니다. 그날 밤에 은희를 만났을 때요."

"좀 더 자세히 말씀해주실 순 없을까요?"

"그날 아버지가 은희를 찾아 밤거리를 헤맨다는 걸 알고 다시 구기동에 왔습니다. 다행히도 어떤 남자랑 싸우고 있는 은희를 길에서 발견했죠. 은희는 무슨 통을 들고 있었고요."

"기름통이군요."

"그 안에 기름이 들었는지 뭐가 들었는지는 모르겠지만 통이 두 개였던 거 같습니다."

"두 개요?"

"네. 어쨌든 난 그 순간 은희를 보고 너무…… 놀랐습니다."

"왜죠?"

"아버지가 은희에 대해 말할 때는 그저 과장해서 하는 소리다, 괜한 호들갑이다 싶었는데, 바닥에 넘어진 은희를 일으키려고 끌어안는 순간, 심장이 아팠어요."

"심장이요? 왜요?"

"은희의 심장 소리 때문이에요."

"네?"

"은희의 심장 소리를 들으니 다 알 수 있었습니다. 은희가 지금 얼마나 고통스러워하는지. 그래서 나도 모르게 말했어요. 더 이상 힘들어하지 않아도 된다고. 내가 이혼하고 부모님을 모실 거라고."

"형……."

놀란 현기의 시선을 피하며 김현창은 담담하게 말을 이었다.

"진심이었어. 그렇게 말하고 나니 속이 후련하고 좋더라. 스트레스의 근원은 구기동 부모님 집이 아니라 내 가슴속에 있었더라고."

증언을 메모하며 최 형사는 다시 질문했다.

"그 말을 듣고 김은희 씨는 무슨 반응을 보였나요?"

"아무 반응도 없었습니다. 은희는 술에 많이 취한 상태였어요."

"그래서 김은희 씨를 데리고 집으로 갔습니까?"

"네. 차에 태우고 집 앞까지 가서 은희를 내려주고 저는 떠났습니다."

"기름통은요?"

"거기 두고 은희만 태우고 왔습니다."

"그런데 왜 죽은 김영춘과 이정숙의 옷에 기름이 묻어 있었을까요? 김현기, 그때 기름 냄새 못 맡았어?"

"제가 원래 냄새에 둔감해서……."

이것도 거짓말일 거라 의심하는 최 형사를 향해 김현창은 고개를 저었다.

"그건 사실입니다. 현기는 어렸을 때부터 축농증이 심했어요."

최 형사는 자신을 환히 들여다보고 있는 듯한 김현창의 태도가 못마땅했다. 흥분한 말투로 격하게 말하던 김은희와 형제가 맞나 싶을 정도로 시종일관 차분한 것도 마음에 들지 않았다. 내내 무심하던 부모에 대해 그날 갑자기 자기가 모시겠다고 했다는 것도 수상했다.

"김현창 씨가 차를 타고 구기동에 도착한 게 몇 시죠?"

"12시 정도 됐을 겁니다."

"그때 김현창 씨는 집 안에 들어가지 않았나요?"

"네. 저녁에 이미 부모님은 뵀으니까, 그리고 또 늦은 시간이고."

"그래서 바로 집으로 갔습니까?"

"네."

"강남 본댁 아파트 주차장에는 교수님 차가 들어온 기록이 없던데요."

허를 찔린 표정을 기대했지만 김현창은 당황하지 않고 담담하게 말했다.

"거기가 아니라 동성빌라에 갔었어요."

"동성빌라요?"

"거기에 우리 집이 있었거든요."

재개발을 위해 지금은 철거 중이라 아무도 살지 않는 그곳에 김현창이 갔었다는 말에 김현기는 놀랐다. 그 시절을 기억하고 그리워하는 사람은 자신뿐이라 생각했기 때문이다.

화단에 장미 넝쿨이 가득했던 동성빌라에 살 때, 김현기라는 이름보다 우리 집 막둥이로 불리던 그 시절에 그는 가장 행복했었다. 집이 좁아 형과 방을 같이 썼고, 엘리베이터도 없어 매일 계단을 오르내리느라 엄마는 힘들어했지만 그래도 그때가 좋았다. 그곳에 살 때 우리는 온전한 가족이었다. 지금처럼 다들 결혼해 자기 가족이 생겼는데, 자기만 가족을 만들지 못했다는 소외감도, 모두가 떠난 집에 혼자 남아 있다는 황폐한 외로움도 그때는 없었다.

그래서 큰누나가 결혼한다고 했을 때 울었었나?

나이 차이가 많이 나 큰누나랑은 그렇게 친하지도 않았는데, 결혼하지 말라고, 누나 결혼하는 거 싫다고 김현기는 소리치며 떼썼다.

엄마는 그런 현기를 달래며 누나가 떠나는 게 아니라 가족이 더 늘어나는 거라고 했다. 그 말대로 계속 가족이 늘어났다. 매형과 조카들, 형수와 조카들. 그런데 가족이 더 늘어나면 늘어날수록 왜 더 외로웠을까.

자신은 그대로인데 누나와 형은 더 이상 예전의 누나와 형이 아니었다. 누구의 엄마, 누구의 남편, 그들에게 동생인 자신의 자리는 점점 더 줄어들었다. 그게 섭섭하다는 말을 꺼낸 적도 없는데 그들은 현기의 어깨를 두드리며 한결같이 비슷한 말을 꺼냈다.

그러니까 너도 얼른 취직하고 결혼해야지.

누구보다 김현기도 그렇게 되고 싶었다. 공무원 시험을 포기한 것도 그래서였다. 더 이상 시간을 낭비하다가는 영원히 혼자만 옛 가족의 화석이 되어버릴 것 같아서.

취직만 하면 결혼할 수 있을 거라고 순진한 생각도 했지만 현실은 그렇지 않았다. 무슨 일이든 열심히 하면 될 거라 생각했는데 가장 응원해줄 줄 알았던 사람이 가장 먼저 돌아섰다. 김현기에게 포기하지 말라고 가장 많이 말했던 사람들이 가장 먼저 김현기를 포기했다.

그래서 김현기도 결혼의 꿈을 포기했다. 이제 곧 마흔인데, 자신의 부모가 만들었던 가족보다 더 나은 가족을 만들 자신도 없었고, 그렇게 만든 가족도 이렇게 뿔뿔이 찢어져 남남처럼 사는데 굳이 왜 가족을 만들어야 하나 싶기도 했다. 대신 동성빌라 시절, 우리 가족이었던 그 사람들만 추억하며 살기로 했다.

큰누나가 연필을 깎아줄 때 연필깎이에서 나던 그 사각거리는 소리, 흰머리 하나당 10원을 쳐주겠다는 말에 엄마 아버지의 머리에 달라붙어 흰머리를 찾던 작은누나와 자신, 큰누나나 형이 학교에서 상장을 타 올 때마다 시내의 레스토랑에 데려가 돈가스를 사주던 아버지, 주말마다 엄마가 만들어주었던 밥통 카스텔라, 해외로 출장을 다녀온 아버지보다 더 기다렸던 아버지의 선물 가방…….

그중에서도 김현기가 가장 아끼는 기억은 정전이 됐던 어느 날, 거실에 촛불 하나를 켜놓고 여섯 식구가 나란히 누워 있던 장면이었다. 막둥이의 특권으로 엄마 아버지 사이에 누운 자신의 자리를 다른 형제들이 탐냈다. 제일 먼저 작은누나가 끼어들었고, 자다 보니 옆에 형이 있었고, 아침에 눈을 떴을 때는 큰누나 옆이었다. 다시 엄마 아버지 사이로 가려는 자신을 형과 누나들의 팔다리가 막았다. 내복만 입은 채 온몸으로 엉겨 붙어 장난치던 그 겨울의 아침을 형도 기억하고 있을까?

김현기의 시선이 김현창과 마주쳤다. 그 순간 김현창도 기억났다. 자신이 의대에 진학하게 된 건, 현기 때문이었음을. 축농증으로 겨울철마다 쿵쿵거리는 현기 때문에 잠을 못 자 투덜거리면 엄마는 숨을 못 쉬는 동생은 얼마나 더 힘들겠냐고 오히려 혼을 냈다. 그래서 의사가 되겠다는 생각을 했었다. 내 동생이 아프지 않게, 우리 가족이 아프지 않게. 하지만 정작 의사가 되고 나서는 그 사실을 까맣게 잊어버렸다.

"밤새 그곳에 있었다는 소립니까?"

"네."

"왜죠?"

"왜냐면⋯⋯."

김현창은 대답 대신 김현기를 다시 바라보았다. 그 대답을 김현기는 당연히 알고 있을 거라는 눈빛으로. 그러다 문득 딸이 생각났다. 딸은 그런 가족의 추억이 있는지 의문이 들었다. 부모님보다 더 멋진 부모가 되고 싶었는데⋯⋯.

김현기는 기뻤다. 동성빌라를 그리워하고 찾아가는 사람은 자신뿐이라고 생각했었는데, 아니라는 게. 그리고 다행이다 싶었다. 형이 이혼하기 전에 부모님이 돌아가셔서.

그 전에 내가 두 사람을 죽여서.

"형도 알잖아. 내 기억력 별로 안 좋은 거. 그래서 자세히 기억은 못 하지만 한 가지는 확실히 알아. 내가 부모님을 죽였다는 거."

"현기야!"

"형사님, 면회 끝내주세요. 그리고 다시는 우리 가족은 만나고 싶지 않아요."

자신이 범인이라고 주장하는 김현기의 태도는 달라지지 않았지만, 최 형사는 더 이상 김현기의 말을 곧이곧대로 들을 수가 없었다. 김현기를 조사하면 할수록 사건이 이상 하다는 생각만 들었다. 고령의 부모를 죽이는 자식들은 대 부분 직접 병간호를 하다가 지쳤거나, 재산 문제로 부모와 갈등을 빚었던 사람들이다. 홧김에 저지른 우발적 살인이 어도 그런 모종의 이유가 있을 거라 짐작했다. 그런데 김 현기는 둘 중 어디에도 해당하지 않는다.

최 형사는 모든 것을 원점으로 돌려놓고 처음부터 다시 생각해보기로 했다.

김현창은 자기 형제들이 부모를 살해했을 리 없다고 주 장했지만, 외부인의 소행이라면 이정숙의 죽음을 설명하 기 힘들다. 가족이 아닌 외부인이라면 이정숙의 상태를 정확히 알지는 못했을 것이고, 찹쌀떡을 입에 넣어 질식사시킬 생각도 못 했을 테니까. 그렇다면 범인은 네 명의 자식들 중 하나란 말인데.

자신이 범행을 저질렀다 주장하는 김현기를 공략하면 그가 어떤 진범을 위해 거짓 자백을 하는지 알 수 있을 거라 최 형사는 확신했다.

"김현창이 다시 구기동에 왔을 때, 김인경의 차는 집 앞에 없었다고 했어. 그러니까 그 전에 김인경이 와서 차를 가져갔단 얘기지."

"그래서요?"

"김인경이 다시 와서 뭘 했을까?"

"우리 큰누나에 대해 정말 아무것도 모르고 하는 소리네요. 우리 큰누나는……."

"학교에서 아이를 때려 물의를 일으키고 사표를 냈지."

"……큰누나가요?"

"그래. 그것도 네 부모님이 돌아가신 바로 그날 아침에 사표를 냈어. 왜 그랬을까?"

김현기는 도통 알 수가 없었다. 큰누나는 김현기가 어렸을 때부터 선생님이었다. 그때 김인경은 고등학생이었지만 집에서는 선생님으로 통했다. 모르는 게 있을 때마다, 숙제를 할 때마다 모두 큰누나를 찾았다. 진짜 선생님이 돼 학교에 출근한 건 그로부터 한참 후였지만 김현기는 선생님이 아닌 큰누나를 상상할 수 없었다. 그런데 사표를 냈다고?

"동생이면 그 정도는 알아야 하는 거 아냐?"

광수도 최 형사와 똑같은 말을 자신에게 했었다.

"네 작은누나가 지금 어떤 상탠지 알아? 동생이면 그 정도는 알아야 하는 거 아냐? 네 핏줄이잖아!"

핏줄이라는 말은 사기다. 진짜 피로 연결되어 있지도 않은데, 연결된 것 같은 착각을 하게 하니까. 혹시라도, 눈에 보이지 않아도 핏줄이 연결돼 있다면 그건 아래로만 향해 있을 것이다. 부모는 자식에게 핏줄이 이어져 있는데, 자식의 핏줄은 부모가 아니라 자신의 자식을 향해서만 뻗어 있을 테니까. 그리고 자식을 향한 핏줄이 연결되는 순간, 부모 쪽에서 온 핏줄은 막혀버린다. 거추장스러운 넝쿨 취급을 받게 되는 것이다. 작은누나를 보면서 김현기는 그 사실을 절절히 깨달았다. 아무리 힘들어도 자식인 정우를 향해서는 활짝 웃는 누나가 약해진 부모 앞에서는 늘 인상을 찡그리는 것이, 부모도 아니고 '그 노인네들'이라고 지칭하며 화를 내는 모습이 보기 싫었다.

"예전에 알던 엄마 아버지가 아니야."

김은희는 수없이 그 말을 반복했지만 그 말을 들으면서

김현기는 속으로 말했다.

누나도 예전의 누나가 아니야.

"만날 똑같은 소리, 진짜 지겨워죽겠어."

동성빌라 시절에도 부모님은 똑같았었어. 달라진 건 그
땐 우리가 그걸 지겨워하지 않았지만 이젠 지겨워한다는
거지.

부모의 기대에 부응할 수 없다는 열등감도 힘들었지만
작은누나의 푸념을 들어주는 것도 지겨웠다. 집을 나간 것
은 그래서였다. 그런데 김은희는 전혀 눈치채지 못하고 화
를 냈다.

"내가 지쳐서 못 하겠다고 하면 이 노인네들 네가 맡게
될까 봐 도망치는 거지?"

김은희의 말은 김현기가 생각한 것보다 한발 앞서 있었
다. 그 말을 듣고 나자 정말 그럴 수 있겠다 싶었다. 부모
가 뻗친 핏줄 중 유일하게 끊어지지 않은 건 자기뿐이니
까. 이 집에서 더 있다가는 평생 빠져나가지 못하고 이곳
에 갇힐 거라는 조급함 때문에 나가지 말라 붙잡는 김은
희의 손을 차갑게 뿌리쳤다.

그렇게 집을 나갔지만, 김은희는 밤마다 술을 마시고 전
화했다.

"입에서 구더기가 나올 거 같아. 종일 아무 말도 안 하고 있었더니 입에서 구더기가 알을 까고, 애벌레가…… 애벌레가 나중에는 나비가 되는 건가?"

술주정이 지겨워 전화를 받지 않으면 문자가 날아왔다.

—사랑하는 내 동생 현기야. 누나가 나중에 이 집 받으면 반은 너 줄게. 그러니까 너무 미래를 걱정하고 절망하지 마.

술에 취해 갈지자로 걷는 사람처럼 누나가 보내는 문자도 변덕스럽게 극과 극을 오갔다.

—나쁜 놈. 난 종일 지옥에서 사는데 한 5분 들어주는 것도 못 하니? 그냥 푸념 몇 마디만 들어주면 되는데, 그게 그렇게 힘들어?

솔직히 힘들었다. 김현기는 사람들을 볼 때마다 중학교 과학 시간에 외웠던 모스 경도가 생각났다. '활석방형인정석황금' 이 순서를 쉽게 외울 수 있게 과학 선생님은 '활석방이 형의 인정을 받으려고 석황금을 바쳤다'라는 말을 만들어주셨는데, 덕분에 지금도 그 순서를 정확하게 기억했다. 그리고 사람들을 만날 때마다 이 사람은 석고 정도의 경도를 가졌구나, 이 사람은 금광석처럼 긁히지 않는 사람이구나 가늠하는 묘한 버릇이 생겼다.

경도가 낮은 돌일수록 긁힌 자국이 많듯 사람도 마찬가

지로 상처를 잘 받는다. 김현기는 가족 중에서 금광석처럼 가장 경도가 높은 사람은 김현창이라고 생각했다. 쉽게 말해 경도로 따지면 김현창>이정숙>김인경>김영춘>김현기>김은희 순인데, 자신이 가장 무른 돌인 줄도 모르고 온 가족을 상대로 부딪치는 김은희가 안타까웠다. 경도가 낮은 돌은 아무리 해봤자 상대를 긁지도 못하고 스스로만 닳아갈 뿐인데 말이다.

그런데 최 형사의 이야기를 듣다 보니 어쩌면 김은희보다 김인경이 더 경도가 낮을지도 모른다는 생각이 들었다. 큰누나니까 잘 알지도 못하면서 그냥 더 세고 강하다고 생각했던 것 같다.

"큰누나도 조사받았어요?"

"그랬지. 근데 아예 말을 안 해."

"네?"

김영춘과 이정숙이 죽은 후부터 김인경은 실어증에 걸린 사람처럼 말을 하지 않았다. 묵비권을 행사하는 게 아니라 집에서도 한마디도 하지 않는다고 했다.

최 형사는 김인경이 아들의 교통사고 피해자와 만난 후 10시 반쯤에 구기동 집에 다시 온 것을 알고 있었다. 김인경이 차를 몰고 나가는 장면을 골목길 시시티브이로 확인할 수 있었기 때문이다.

"김영춘이 세탁소에 가서 한바탕한 게 11시쯤이니까 김인경이 김영춘을 칼로 찔렀다는 건 말이 안 돼. 하지만 나는 이정숙에게 찹쌀떡을 먹인 사람은 김인경일 가능성을 높게 보고 있어."

"네?"

"애초에 그 찹쌀떡을 사 온 사람도 김인경이고, 그날 밤 김인경이 자기 아들에게 보낸 문자도 의미심장해."

"무슨 내용인데요?"

"교통사고 합의금 문제가 다 해결됐으니 걱정 말고 이제 집에 들어오라는 문자를 보내면서 김인경은 이런 말을 덧붙였어. 이제 외할아버지랑 같이 살 거라고. 외할머니 이정숙은 쏙 빼놓고 왜 외할아버지라는 말만 썼을까? 그 부분을 따졌더니 김인경의 눈빛이 심하게 흔들리며 고개를 끄덕이더라고. 자기가 한 짓을 인정하는 거지."

"말도 안 돼요. 큰누나가 그랬다면 우리 아버지가 옆에서 그걸 보고만 있었단 말이에요?"

"김영춘은 김인경이 도착하기 전에 먼저 집을 나갔어. 김은희를 찾아 세탁소로 갔으니까 이정숙이 그렇게 된 걸 돌아와서야 알았겠지. 그리고 그 후에 김현창이 김은희를 집으로 태워다준 거야. 김현창이 김은희에게 무슨 말을 어떤 식으로 했는지 알 수 없지만 김은희는 어쨌든 그걸 협박이라고 생각했어. 그래서 집으로 들어가 김영춘을 칼로 찌른 거지. 하지만 김현창의 말마따나 네 번이나 잔인하게 찌르지는 못했을 거야. 그때까지 김영춘은 아직 살아 있었다는 거지."

"……무슨 말이에요?"

"그리고 그때까지 살아 있는 김영춘을 발견한 네가 또 찔러서 마침내 사망. 네 자식이 모두 범행에 가담했다고 봐."

김현기는 입을 쩍 벌렸다. 최 형사의 이야기는 자신이 상상했던 것과 한 발이 아니라 수백 발 떨어져 있었기 때문이다.

김현기를 자극해 진실을 알아내려는 계획이 적중한 것 같아 최 형사는 속으로 쾌재를 불렀다. 흔들리는 김현기의 눈동자를 바라보며 조금 더 압박을 가했다.

"지금까지 부모를 살해한 자식들은 있었지만 모든 형제가 공모해 부모를 살해한 경우는 네 가족이 처음이니까 언론의 관심이 엄청나게 쏟아지겠지."

김현기는 형제들이 모두 패륜아로 낙인찍히고 난도질당하는 상상에 몸을 부르르 떨었다.

"형사님 말대로라면 기름통은요? 기름은 왜 바닥에 쏟

아져 있었죠?"

"넌 기름을 못 봤다고 했잖아?"

"봤어요. 내가 직접 닦아냈어요."

"뭐?"

숨 가쁘게 달려왔지만 집은 무사했다. 온전한 집을 확인하고 나니 안도감보다 실망감이 밀려왔다. 내심 무슨 일이 있기를 기대한 자신의 속내를 확인하자 밀려드는 허탈함에 김현기는 헛웃음을 지었다. 희망을 포기하고 나서부터 그가 기댈 것은 절망밖에 없었다. 무슨 일이든 벌어져 자신의 '죄송한 삶'이 끝나기를 그는 고대했었다. 그게 스스로 파멸할 용기도 없는 자신의 비겁한 소망이었다는 걸, 전과 그대로인 집 앞에서 김현기는 깨달았다.

그냥 돌아가려다가 집 안에서 나는 기름 냄새 때문에 대문을 열고 들어갔다. 기름 냄새는 현관으로 이어지는 계단에서 더 진하게 풍겼다. 거실에는 불이 환했다. 무슨 집착처럼 전기세, 수도세를 아끼는 아버지가 새벽까지 이렇게 불을 켜놓을 리는 없는데 이상하다 생각하며 김현기는 현관문을 열었다.

생전 맡아보지 못했던 이상한 냄새가 코로 훅 들어왔다. 그 냄새의 정체가 바로 눈앞에 펼쳐져 있었다. 나뒹구는 기름통에서 흘러나온 기름이 거실 한쪽에 번들거리고, 그 반대편에서 흘러나온 붉은 피가 기름과 띠를 이루고 둥그렇게 퍼져 있었다. 그 가운데 누워 있는 세 사람은 아버지와 엄마 그리고 작은누나였다.

처참한 현장에 김현기는 그대로 굳어버렸다. 바라보는 것만으로 고통스럽고 충격적이라 저도 모르게 등을 돌리고 그대로 나가려고 했다. 그런데 죽은 줄 알았던 김은희가 꿈틀거렸다. 김은희의 옷에도 아버지처럼 피가 묻어 있었지만 찢어진 자국은 보이지 않았다. 김현기가 다가가 거세게 흔들었지만 아무리 깨워도 깨지 못할 만큼 김은희는 깊이 잠들어 있었다.

기름과 피 냄새가 뒤섞인 혼몽한 공기 속에 갑자기 술 냄새가 끼어들었다. 김은희의 몸에서 나는 것이었다. 술 냄새를 맡으며 김현기는 자기를 붙잡던 김은희를 떠올렸다.

더 이상 공무원 시험도 안 볼 거고 집도 나갈 거라 했을 때, 김은희는 눈물까지 글썽거리며 자신을 붙잡았었다.

"너까지 없으면 난 어떡하라고. 종일 입 꾹 닫고 있다가 너 오면 한두 마디라도 하니까 숨을 쉬는데, 너도 나가면 난 어쩌라고. 가지 마, 현기야. 아버지 엄마한테는 내가 잘 얘기해줄게. 공무원 안 하면 어때? 세상에 직업이 그것만 있는 것도 아닌데."

"세상에 직업이 수천 가지면 뭐 해? 부모님이 인정해주는 직업이 그것뿐인데."

"내가 인정해주면 되잖아. 난 네가 무슨 일을 하든 널 사랑해. 내 동생 현기야, 누나가 널 도와줄게."

그런 말을 하는 누나가 가소로웠었다. 제일 약한 주제에 누굴 돕겠다고.

온몸에 너덜너덜 다른 가족에게 긁힌 자국을 달고 있는, 그사이 닳고 닳아 더 작아진 김은희를 보자 김현기는 눈물이 쏟아졌다. 자리에 누워도 엄마한테 들었던 욕설들이 귓속에 울려 잠들 수 없어 괴롭다던 누나가, 간신히 잠들었다가도 아버지의 가래침 뱉는 소리에 깨는 게 힘들다던 누나가, 비로소 조용해진 부모 옆에서 곤히 자고 있었다. 그 잠을 깨울 수가 없어 김현기는 김은희를 둘러업고 이층으로 올라갔다.

피 묻은 그녀의 옷을 갈아입히고, 수건을 적셔 손과 얼굴을 닦아줬다. 아래층으로 내려와 기름통을 치우고 꼼꼼하게 청소를 했다. 그리고 경찰서에 찾아갔다. 김은희보다는 그래도 자신이 덜 무르니, 자신이 김은희를 보호해줘야 했다. 그것만이 자신을 영혼이 빈곤한 삶에서, 죄송한 인생에서 구원해줄 수 있을 것 같았다.

김영춘과 이정숙

오래전 어느 날, 이정숙은 김영춘에게 말했었다.

"난 늙고 병들면 구질구질하게 자식들 고생 안 시키고 스위스로 가서 안락사 신청할 거예요."

"그럼 난 어쩌고?"

"당신도 같이 가야죠."

"우리가 똑같이 병난다는 보장이 없잖아?"

"어머, 늙으면 다 똑같지 자기 혼자만 쌩쌩할 거라고 생각하는 거예요? 그럼 혼자 남아 벽에 똥칠하며 살든가요."

"아이구, 그건 싫어. 나도 그냥 당신이랑 같이 스위스 갈래."

아직 늙고 병들지 않았다 자신하는 사람들만이, 자신에

겐 그런 시간이 오지 않거나 아주 멀리 있다고 생각하는 사람들만이 그런 이야기를 한다는 걸 그땐 몰랐다. 아무리 늙고 병들어도 부모의 삶은 끝나지 않는다는 것도 두 사람은 몰랐다.

그리 오래되지 않은 과거의 어느 날, 두 사람은 친구가 있는 요양원에 갔었다. 날마다 애들처럼 색칠공부를 시키는 게 지겨워서 색연필을 씹어 먹어버렸다며 친구가 새파래진 혓바닥을 보여줬다. 30년을 대학교수로 산 친구였다.

김영춘은 요양원이 꼭 어린 시절 전쟁통에 부모를 잃고 들어갔던 고아원 같았다. 그곳에 있는 사람들은 늙은 고아들이었다.

"사람들이 옷을 입고 있는데도 꼭 안 입은 것처럼 보여요."

이정숙은 민망해서 요양원 사람들과 눈을 마주치지 못했다.

"평생 입고 있던 누구 엄마, 누구 아버지라는 부모의 옷을 벗어버려서 그래. 벗은 게 아니라 다른 이들이 벗긴 거지만."

그날 두 사람은 손가락을 걸고 약속했다. 이들처럼 헐벗지 말고, 죽을 때까지 부모의 옷을 지키자고. 누군가 그 옷을 그들에게서 벗기려 한다면 죽음으로서 맞서자고.

그 말을 하면서도 그런 날이 금방 닥칠 줄은 몰랐다. 아주 먼 훗날, 적어도 20년은 지나야 찾아올 수 있는 불운을 미리 걱정한다고 서로를 보며 웃었다.

가계부를 잘 써 주부 대상 잡지사에서 주는 상까지 받았었던 이정숙은 건강하게 오래 살기 위한 계획표를 꼼꼼히 짰다. 매일 시간을 정해 운동을 하고, 몸에 좋다는 것들을 챙겨 먹었다. 치매에 걸리지 않아야 하니까 아몬드, 피스타치오, 호두는 하루에 다섯 개씩. 근육이 빠지면 안 되니까 달걀과 닭가슴살, 우유도 빼먹지 않고, 소화를 돕는 유산균과 각종 영양제를 챙겼다.

고아 출신인 김영춘이 7급 공무원 시험에 합격해 시청의 국장 자리까지 오를 수 있었던 것은 영리하고 성실한 아내 이정숙의 내조 덕이었다. 김영춘은 그 고마움을 갚겠다고 진작부터 은퇴 후 여행 계획을 세워놓았다. 일본도 가고, 중국도 가고, 미국, 남미, 유럽, 중동까지 전 세계를 돌아야지.

두 사람의 계획은 야무졌고, 착착 순조롭게 진행되었다. 하지만 갑작스럽게 그날이 오고 말았다. 김영춘이 친구들과 모임이 있어 이정숙 혼자 뒷산에 운동하러 나간 날이었다.

그날, 김영춘은 함께 시청에서 근무했던 옛 친구들과 옛 이야기를 즐겼다. 도시계획과에서 근무했던 그가 안양 천변의 불법 판잣집을 밀고 아파트를 세우는 과정에서 깡패들과 맞섰던 영웅담은 절정을 향해가고 있었다. 말도 안 되는 보상을 요구하며, 그 돈을 주지 않고 자기네 동네를 철거하면 이 칼로 네 배를 쑤셔버리겠다며 깡패 두목은 날이 시퍼런 칼을 김영춘에게 들이댔다. 그래도 김영춘은 물러서지 않았다.

"죽이고 싶으면 죽여라. 대신 나한텐 자식이 셋이나 있고, 아내의 배 속에 막내까지 있다는 걸 알아둬. 네가 날 죽이면 네 아이를 고아로 만드는 거고, 그 아이들이 너에게 반드시 복수할 거다! 이렇게 외치니까 제깟 놈들이 뭐 어쩌겠어."

"하여간 김 국장 너는 배짱도 좋아. 나 같았으면 바로 줄행랑인데 무섭지도 않디?"

"어차피 한 번 죽는 거, 그땐 그렇게 생각했지. 젊었으니깐."

"그래, 젊었으니까."

그 한마디면 모든 게 설명됐다.

'그땐 젊었으니까.'

그들이 시작하는 모든 이야기의 마지막은 그 말로 끝났

다. 그러면서 그들은 더 이상 '젊지 않은' 자신들의 현재를 절감했다. 고해성사 시간이라도 되는 듯 너 나 할 것 없이 자신이 앓고 있는 병에 대해 이야기했다. 전립선, 고혈압, 당뇨, 관절염은 기본이고, 혈액투석과 암 수술이 새로 등장한 화제였다. 그래도 아직 자신은 남들보다 건강하구나 김영춘이 안도하던 그때, 아내가 쓰러져 병원으로 이동 중이라는 연락이 왔다.

산속에서 늦게 발견되는 바람에 막혀버린 혈관을 빨리 치료하지 못해 이정숙의 상태는 좋지 않았다. 그래도 그것이 그동안 거쳐왔던 몸살감기나 발목 골절처럼 시간이 지나면 회복되는 그런 것인 줄만 알았지, 그렇게 끔찍해했던 '늙고 병듦'의 시작인 줄은 알지 못했다.

김영춘 또한 받아들이지 못했다. 그래서 다른 사람들 탓을 했다. 아내가 '늙고 병들어서' 이런 일이 생긴 게 아니라, 의사 아들이 제 부모에게 무심해서 이런 사고가 벌어진 거라고 화를 냈다. 그러면서 속으로는 아내를 혼자 운동가게 하고 친구를 만나러 간 자신을 제일 원망했다. 만나봤자 매번 똑같은 이야기만 할 뿐인데 뭐 하러 나가서 아내를 혼자 쓰러지게 했나, 매일매일 후회했다.

하지만 이정숙은 김영춘을 탓하지 않았다. 이정숙은 알

177

고 있었다. 남편은 친구들이 보고 싶어서가 아니라 젊은 시절의 자신을 만나기 위해 그들과 만난다는 걸. 그렇게 잠깐 '젊음'을 맛보는 건 노인이라 불리는 그들에게 마약보다 더 짜릿한 쾌락과 행복이라는 걸. 자신이 쓰러지는 바람에 남편이 그 즐거움을 잃고 사는 것이 미안해 외출을 권하기도 했지만 김영춘은 아내 혼자만 그 무시무시한 '늙고 병듦'의 세계에 남겨둘 수 없다며 아픈 이정숙을 두고는 아무 데도 나가지 않았다.

추억일지언정 '젊음'을 수혈받지 못하면서 김영춘은 폭삭폭삭 늙어갔다. 그제야 '늙고 병듦'의 단계는 하나하나 계단을 내려가는 것이 아니라 마치 스키처럼 한번 미끄러지면 가파른 내리막길을 그저 질주할 수밖에 없다는 걸 깨달았다. 그들은 두려움에 질려 비명을 질렀다. 제발 멈추게 해달라고 신께 기도하고 자식들에게 애원했지만 그들의 비명은 아무에게도 들리지 않았다.

그들은 더 이상 스위스 이야기를 하지 않았다. 병들자마자 요양원에 보내려는 자식들과 싸우는 것만으로도 힘에 벅찼다. 요양원에 들어가면 진정제를 먹여 종일 자게 한다는 이야기, 살찌면 간호하기 힘들다고 일부러 적게 먹여 해골처럼 빼짝 마르게 한다는 괴담보다 더 무서운 건, 요

178

양원에 들어가는 순간 더는 부모가 아닌 피보호자, 요양원 입소자가 된다는 것이었다. 부모로 살기 위해서는 집을 지켜야만 했다.

자식들에게 기대지 않고도 집에서 요양보호사를 쓸 수 있을 만큼 돈을 벌어놨지만 두 사람은 적은 돈을 벌면서 햇볕도 들지 않는 방에 사는 자식이 마음에 걸렸다. 그 집에 다녀왔던 큰딸이 '사람 살 곳 못 되는 곳'이라 했을 때부터 그들의 가슴 한쪽에는 셋째 자식 은희가 가시처럼 박혀 있었다.

자신들이 건강할 때 받아줬으면 사람들은 은희를 이혼하고 친정집에 얹혀사는 천덕꾸러기로 봤을 것이다. 하지만 이제는 상황이 달라져 은희는 당당할 수 있고 자신들은 의지할 수 있으니 잘된 일이었다.

은희가 집에 들어온 그날 밤, 이정숙은 김영춘에게 다짐했다.

"여보, 이 말은 진짜로 지킬 거니까 잘 들어야 해요."

"뭔데?"

"난 내 딸한테 내 똥오줌까지 받아내게 하지는 않을 거예요."

"무슨 소리야?"

"만약에 그런 날이 오면, 그땐 부모의 자리를 포기하겠다고요."

김영춘은 이정숙의 말이 무슨 뜻인지를 알아듣고 가슴
이 철렁했다.

"말도 안 되는 소리 하지 마. 부모 노릇은 몸으로 하는
게 아니야. 육체가 망가졌다고 부모 노릇을 못 하는 건 아
니라고."

매일매일 아내를 설득했지만 김영춘의 목소리에도 점점
기운이 떨어졌다. 세상 모든 게 예전 같지 않았다. 뭘 먹어
도 맛이 없고, 보이는 것마다 눈에 거슬렸다. 딸의 말대로
아내보다 더 병이 깊은 사람은 자신인지도 모른다고 생각
했다. 아내처럼 몸이 망가지지는 않았지만 마음이 불구가
됐다. 똑같은 꽃을 봐도 이제는 탄성이 아니라 욕을 하게
되고, 똑같은 글을 봐도 이제는 심사가 배배 꼬인 채 읽게
됐다. 그중에서도 아들이 신문에 쓰는 칼럼은 읽을 때마다
부아가 났다. 일부러 자신의 염장을 지르기 위해 쓴 것만
같았다.

죽음은 삶의 일부일 뿐이니 두려워 말고 기꺼이 껴안아
야 한다고?

김현창의 나이대에는 김영춘도 똑같은 말을 했었기에
자신은 아직 죽음을 껴안을 만큼 늙지 않았다 소리치는
그 교만과 오만함이 괘씸했다. 죽음으로 가는 자연스러운

과정이니 아픈 게 당연해요, 그런 소리 말고 차라리 엉터리 사기꾼이 파는 신비의 명약이라도 사 와 이 약을 먹으면 병이 낫고 죽지 않는데요, 해주길 바랐다. 의사이기 이전에 내 자식이니까.

부모가 더 늙고 약해질수록 자식들은 더 냉정해졌다. 큰딸은 원래 집에 올 때마다 학교에서 있었던 일을 고주알미주알 이야기했다. 그래서 큰딸이 맡은 반 아이들 이름까지 다 외울 정도였는데, 아내가 쓰러지고 나서부터 큰딸은 더 이상 학교 이야기를 하지 않았다. 궁금해서 일부러 물어봐도 그런 걸 알아서 뭐 하냐는 투로 딴말을 했다.

혼자 집을 나가 있는 막내가 제대로 밥이나 먹었는지, 위험한 아르바이트를 하다가 다치지나 않았는지, 걱정돼 안부 전화를 하면 아들은 받을 때부터 화를 냈다.

"또 왜요?"

왜라니, 그걸 몰라서 묻는 아들놈이 서운해 김영춘도 애초에 하려던 말이 아니라 다른 말을 하게 됐다.

이 불효막심한 놈들. 우리가 젊고 건강할 땐 그렇게 우리 옆에서 종알종알, 잠잘 때까지 옆에 붙어 귀찮게 하더니 이젠 늙고 병들었다고 쳐다보지도 않고 말도 섞기 싫어하는구나.

그렇게 나무라면 최소한 미안해할 줄 알았는데, 뻔뻔한

얼굴로 '그래서 뭐 어쩌라고요?' 식인 자식들에게 두 사람은 배신감을 느꼈다. 함께 사는 작은딸이 이 집을 '지옥'이라고 말한다는 걸 알았을 때는 충격을 받았다. 행복한 우리 집이 아니라 '지긋지긋한 지옥'이라니. 조금만 더 젊었더라면 당장 딸을 쫓아냈을 것이다. 우린 너 같은 자식 필요 없으니 꺼지라고 호통쳤을 것이다. 조금만 더 젊고 건강했더라면.

늙고 병들어서 그러지 못하는 자신들이 비참했다. 겨우 '네가 원해서 들어온 거지 우리가 너 불러들인 거 아니다'라고 맞서는 자신들의 소심함이 비굴하게 느껴졌다. 그래도 은희마저 떠나면 자식들에게 버림받은 노인네로 전락할 것 같아 딸의 눈치를 보고 비위를 맞췄다. 자식들보다 더 따뜻한 손주 놈의 얼굴을 보는 게 그나마 남아 있는 기쁨이었다. 정우는 매일 아침 학교에 갈 때마다 자신들을 포옹하며 쪼그라든 볼에 입을 쪽 맞추고 어른스럽게 말했다.

"엄마가 성질부려도 맘에 담아두지 마세요."

아내가 쓰러지고, 세 번째 봄이 왔다. 연둣빛 새싹들이 '우린 이렇게 생기가 넘치는데 당신들은 말라 비틀어지고 있군요' 하고 조롱하는 것 같았다. 번들번들 햇것들의 기름진 생명력, 점점 커지고 진해지는 그것들이 점점 작아지고 흐려지는 자신들의 소멸을 재촉하는 것 같아서 김영춘은 마당에 나가기도 싫었다. 종일 아내와 방에서 사진첩을 보고 또 보며 시간을 보냈다.

"이게 우리 인경이 처음 발레 배우던 날 찍은 거지?"

어제도 그제도 김영춘은 똑같은 질문을 했었지만 이정숙은 처음 듣는 것처럼 대답했다.

"맞……아요."

"당신 여기서 우리 막둥이가 어딨는지 찾아봐."

똑같은 옷을 입은 수십 명의 유치원생 속에서 이정숙은 어린 김현기를 찾아냈다. 김영춘은 그게 엄청나게 대단한 일이라도 되는 듯이 기뻐했다.

"그래. 금방 찾는 거 보니까 당신 아직 건강해. 시력도 나보다 낫고."

이정숙은 김영춘의 말에 웃었지만 정말 시력이 좋아서 아들의 얼굴을 빨리 찾은 것은 아니었다. 어제 그제 매일 같이 본 사진인데도 기억이 가물가물해 남편의 눈치를 살피며 이리저리 손가락을 짚다가 간신히 맞춘 것뿐이었다.

이정숙은 자신의 몸이 점점 안 좋아지고 기억도 깜빡깜빡한다는 걸 알고 있었다. 아무리 부부라도, 평생 같은 방에서 같이 잠을 자고 같이 밥을 먹었어도 마지막 길까지 함께 갈 수 없다는 것도 서서히 깨달았다. 그걸 모른 채 자신을 힘들게 하는 남편이 가끔은 가엾고, 자주 피곤했다. 더 이상 자식들의 사진도 보고 싶지 않았다. 그걸 보고 나면 곁에 없는 자식들이 더 그립고 허전했기 때문이다. 그런 줄도 모르고 매일같이 사진첩을 눈앞에 들이미는 남편이 미웠다.

김영춘은 아내가 매번 똑같은 사진첩을 보니 지겨워진 거라 여기고 다른 것을 생각해냈다.

"우리 애들 클 때 비디오 많이 찍어놨잖아. 이제부터 당신이랑 그거 보면 되겠다!"

김영춘은 보물찾기라도 하듯 신이 나서 몸을 일으켰다. 그리고 곧 다용도실 상자 속에서 비디오테이프가 가득 든 상자를 찾아 들고 돌아왔다. 잔뜩 골이 난 채.

"비디오데크도 같이 넣어놨었는데, 은희가 안 쓰는 거라고 버렸다네."

쓰러지기 전이라면 이정숙이 김영춘보다 더 속상해하고 길길이 화를 냈을 텐데, 이제는 그렇지 않았다. 오히려 은희 덕분에 비디오를 못 보게 돼서 잘됐다는 생각까지 들었다. 사진첩을 볼 때마다 겪었던 후유증을 또 겪고 싶지 않았다. 그런 이정숙의 속마음을 모른 채 김영춘은 아내 몫의 분노까지 담아 하루에도 몇 번씩 딸에게 퍼부었다.

"왜 허락도 없이 우리 물건을 버려? 이 집이 우리 집이지 네 집이냐, 우리 집에 있는 건 볼펜 하나, 숟가락 하나도 우리 거니까 네 맘대로 손대지 마!"

이층으로 뛰어 올라가는 발걸음 소리가 요란한 걸 보니 작은딸이 많이 상처받은 걸 이정숙은 알 수 있었다. 네 아버지가 마음은 모질지 못하면서도 말을 야멸차게 하는 구석이 있다고, 그러니 네가 이해해주라고 딸을 어르고 달래주고 싶어도 계단 하나 못 올라가는 자신의 몸이 한탄스러웠다.

"오래됐어도 고장 하나 없는 걸 버리는 사람이 어딨어? 그게 제정신이야?"

이정숙 앞에서도 남편의 푸념은 멈추지 않았다. 딸만큼이나 이정숙도 그 말이 듣기 싫었다.

당신은 늙었어도 고장 없고 건강하다, 그 말이 하고 싶은 거야? 알았으니까 이제 제발 그만 좀 하라고!

말로 못 하는 울분을 표정으로, 짜증으로 표현했지만 남편은 그만둘 생각이 없었다. 어떻게든 비디오데크를 다시 구해 옛날 비디오를 꼭 보여주고 말겠다고 수선을 피웠다. 이정숙은 그런 남편이 고맙지도 이쁘지도 않았다. 오히려 병이 나니까 자식들도 그러더니 이제는 남편까지 자신의 말을 듣지 않는구나 싶어 침울해졌다. 자신이 먹는 것, 입는 것, 보고 듣는 것까지 다 결정하려는 독재자 같은 남편이 원망스러웠다. 남편에게 자신은 더 이상 아내가 아니라 환자였다. 무엇이든 자기 맘대로 하려는 남편에게 저항할 방법은 아프다고 비명을 지르거나 죽는 척하는 것밖에 없었다.

그럼 잠깐 남편은 순해지고 그녀에게 순종했지만 잠시뿐이었다. 병원에 있다가 집에 돌아오기만 하면 또 비디오테이프를 만지작거리고, 비디오데크를 구한다고 온 동네를 다 뒤지고 다녔다. 그게 지겹기도 하고 불쌍하기도 해 이정숙은 큰딸과 큰아들, 막내아들에게 전화를 걸어 네 아버지에게 비디오데크를 좀 사다 주라고 말했다. 하지만 말을 끝까지 하기도 전에 그들은 바쁘다고 하거나, 엄마의 말을 알아들을 수가 없다며 전화를 끊었다. 이정숙은 섭섭했다.

나는 니들이 옹알이를 할 때도 다 알아들을 수 있었는데. 다른 사람들은 무슨 말인지 몰라도 내 귀에는 신기하게 다 들렸었는데.

김영춘은 자신의 집에 있던 것과 똑같은 비디오데크를 세탁소에서 발견했다. 세탁소 영감은 누가 버린다고 내놓은 것인데 쓸 만해 보인다고 아들이 주워 온 것이라 했지만 김영춘은 믿지 않았다. 세탁소집 아들이 은희를 꼬드겨

자기네 집에서 훔쳐 간 것이라 믿었다. 밤마다 집을 나가는 은희가 세탁소집 아들을 만난다는 걸 알고 있었기 때문이다.

"그놈이 우리 집안을 망치려고 작정한 거야. 그래서 우리 은희한테 접근하고 물건을 빼돌리는 거라니까."

그 말을 들으며 이정숙은 옛날 일을 기억해냈다.

"캠, 캠코……."

"응? 아, 캠코더. 그래 그때 우리 집 캠코더를 훔쳐 간 것도 그놈이었지?"

그 당시 김영춘의 한 달 월급보다 비싼 캠코더를 김영춘은 보물처럼 아꼈다. 그런데 어느 날 갑자기 캠코더가 사라졌는데 그날 현기의 친구 광수가 집에 다녀갔었다. 그래서 이정숙은 오랫동안 광수를 의심했다. 광수가 손버릇이 나쁘다는 소문이 있었고, 자식 때문에 광수의 엄마가 속을 끓이는 걸 봐왔기 때문이다. 그래서 현기에게 광수가 질이 안 좋으니 친하게 지내지 말라 했었다. 그래서 은희가 밖에 나가 광수를 만나는 것도 싫었다.

"혼…… 당신이……."

"그놈을 혼내주라고?"

이정숙이 고개를 끄덕였다.

김영춘은 오랜만에 양복을 꺼내 입었다. 아침마다 빨간

넥타이를 매고 출근을 하면서 오늘도 덤비려면 다 덤비라고 호기를 부리던 그때처럼, 빨간 넥타이까지 매고 가서 위엄 있게 말했다.

"우리 은희랑 너는 어울리지 않으니 만나지 말아라."

칼을 들고 덤비는 깡패 두목도 이겼던 자신인데, 일개 세탁소집 아들인 광수는 말을 듣지 않았다.

"내가 당신 딸을 찾아가는 게 아니라 당신 딸이 날 찾아오는 거거든! 그러니까 날 못 만나게 하고 싶으면 당신이 막아. 그런 거 잘하잖아."

오호라. 그러니까 현기한테 광수랑 같이 놀지 말라 했던 것에 지금까지 앙심을 품고서 우리 은희한테 접근한 거네. 뭔가 꿍꿍이가 있는 줄은 알고 있었지만 이렇게 속이 좁고 시커먼 놈일 줄이야.

"잘 들어, 이놈아. 우리 은희 네가 아는 것보다 훨씬 더 똑똑하고 현명한 애야. 네놈이 무슨 심보로 이러는지 알면 네놈 같은 건 처다보지도 않아!"

그렇게 큰소리를 땅땅 치고 돌아왔는데, 김은희는 김영춘이 세탁소에 찾아갔었다는 걸 알고 말도 못 붙이게 했다. 불러도 대답하지 않고, 무슨 말을 해도 듣지 못한 척했다.

김은희의 도움이 없으면 화장실도 갈 수 없고 씻을 수도 없는 이정숙은 그 때문에 너무나 힘들었다. 퉁퉁 부은

딸의 얼굴을 보는 것이, 신경질적인 손길에 자신을 맡기는 것이 고문이고 고역이었다. 밥도 넘어가지 않고 잠도 오지 않았다. 그 고통을 모른 채, 그놈한테서 비디오데크를 되찾아 오겠다고 시시때때로 세탁소를 찾아가는 남편이 이정숙은 야속했다. 그래서 이정숙은 김은희를 시켜 비디오테이프 상자를 버리라고 했다. 그래야 남편이 비디오데크를 포기하고, 딸과의 전쟁도 끝날 것 같았다.

그 사실을 알고 김영춘은 노발대발했다. 엄마가 버리라고 했다고 김은희가 항변해도 믿지 않고 이번에도 광수한테 갖다준 거라고 고함을 쳤다.

"말도 안 되는 억지 좀 부리지 마세요. 광수한테 그게 무슨 필요가 있다고 그런 소릴 하는 거예요! 엄마! 엄마가 말해. 엄마가 버리라고 시켰잖아!"

이정숙은 아무 말도 하지 않았다. 그 캠코더를 어깨에 멜 때마다 자랑스러워하던 남편의 얼굴이 생생했다. 남편이 아이들을 찍으면 자신이 밤마다 그걸 또 비디오테이프에 복사해놓고, 직접 라벨까지 만들어 붙였는데, 설마 그걸 버리라고 했을까.

기억뿐만 아니라 이제는 마음도, 생각도 이정숙은 오락가락했다. 그런 이정숙을 보며 김은희는 미친 사람처럼 포효했다. 그 모습이 너무 무서워 이정숙은 내가 그런 말을 한 것도 같다는 말을 차마 하지 못했다. 김은희는 아직 수거되지 않아 동네 쓰레기장에 있던 비디오테이프들을 다시 찾아와 두 사람 앞에 내던지고 악담을 퍼부었다.

"일부러 날 괴롭히려고 노망난 척하는 거지?"

"뭐?"

"난 늙기 전에 죽어버릴 거야. 그 모양으로 사느니 차라리 죽어버릴 거라고!"

가슴이 미어진다는 말, 그 말이 무엇인지 이정숙은 자신의 몸으로 절절히 느꼈다. 썩은 복숭아처럼 몸속 가장 깊은 곳이 짓무르고, 그게 성한 부분을 야금야금 먹어 통째로 흐물흐물 녹아내리는 것 같았다.

누가 훔쳐 가기라도 할까 봐 비디오테이프를 장롱 속에 숨기며 김영춘은 은희가 이걸 쓰레기장에서 찾아온 게 아니라 광수한테서 가져온 거라고 속삭였다. 그놈이 우리 집에서 캠코더를 훔쳐 갔듯이, 자신의 딸까지, 가족의 평화와 행복, 추억까지 훔쳐 가려 한다고. 그래서 은희의 말을 곧이곧대로 들으면 안 된다고 했다. 그놈의 꾐에 넘어가 딸은 제정신이 아니라고.

이정숙은 그렇게 말을 하는 남편도 제정신이 아닌 것 같았다. 근래 들어 남편은 약을 줘놓고도 그 사실을 잊고 또 약을 건네기 일쑤였다. 아니, 자기 정신도 믿을 수 없으니 뭐가 사실이고 누가 착각을 하는지 이젠 알 수도 없었다. 그래서 그냥 문제가 있는 건 자신이고 남편은 멀쩡하다고 믿기로 했다. 남편이 주는 대로 약을 먹었다. 그러다 응급실이라도 가게 되면 자식들 얼굴을 더 많이 볼 수 있으니 그것도 괜찮다고 생각했다.

그러던 어느 날 밤, 김영춘은 이정숙이 숨죽여 우는 소리에 잠에서 깼다.

"어, 어떡해."

김영춘은 아내가 왜 그러는지 금세 알아챘다.

"때…… 때가, 된 거야."

"때가 되긴 무슨 때가 돼? 누구나 실수할 수 있는 거야."

자기도 모르게 새어 나온 똥 때문에 당황한 아내를 김영춘은 위로했다. 그날 밤 이정숙은 처음으로 자신의 몸을 딸 대신 남편에게 맡겼다.

"기억이 안…… 이름…….”

"이름이 기억 안 난다고? 당신 이름 이정숙이잖아. 내 이름은 김영춘."

"아니. 이층…….”

"무슨 소리야?"

이층에 있는 딸의 이름이 기억이 안 나는데, 내 목숨보다 소중하게 여겼던 자식들의 이름이 기억 안 나 미치겠는데, 그 마음을 남편에게도 전할 수 없는 자신의 현실이 이정숙은 참담했다. 자신이 증오스러웠다.

미친년, 정신 나간 년, 세상에서 제일 한심한 년.

"당신 화장실 다니기 쉽게 이제부턴 거실에서 자자."

자신에겐 의견을 구하지도 않고 이불을 거실로 끌고 가는 남편을 보면서 이정숙은 망망대해에서 홀로 뗏목을 타고 흘러가는 듯한 외로움을 느꼈다. 남편과 같이 갈 수 있는 길의 끝이 눈앞에 보이는 것 같았다.

다음 날부터 김은희의 히스테리는 더 심해졌다. 부모가 자신을 감시하려고 밤새 거실을 지킨다고 악을 썼다. 이정숙은 그런 딸을 보며 남편 말대로 그놈이 자기 딸에게 나쁜 물을 들였다고 확신했다. 그런 게 아니면 네 자식들 중 가장 착한 은희가 이렇게 변했을 리가 없었다.

그런데 그놈은 은희 하나 망친 것도 모자라 이제 현창이한테까지 마수를 뻗쳐왔다. 아들의 칼럼에 악성 댓글이 달린 걸 보자마자 김영춘은 누구 짓인지 단번에 알아봤다. 그 칼럼을 보면서 자신이 뱉어냈던 욕을 그대로 옮겨 쓸 수 있는 건 자기 딸밖에 없는데 은희는 그런 짓을 했을 리 없으니, 광수 그놈밖에 없었다. 그 말을 듣고 이정숙도 똑같이 분개했다.

"그 나쁜……놈, 쓰레기!"

병이 나고 점점 흐려져만 가던, 만사 의욕을 잃어가던 이정숙의 몸에 기운이 생겼다. 입에서 나오는 말도 더 분명해졌다.

김영춘은 기뻤다. 점점 감퇴하는 기력을 일으키고자 그놈에 대한 욕을 하며 종일 분노를 되새김질하고, 음식을 삼키는 게 힘들어도 꾸역꾸역 밥을 먹는 아내가 이뻤다. 점점 멀어져가던 아내가 다시 가까워진 것 같았다.

"걱정 마. 우리한텐 자식이 넷이나 있어. 그놈 하나 떨쳐내는 건 일도 아니라고."

곧 자신의 생일이 돌아오니, 생일 전 주말에 자식들이 다 모였을 때 그동안 있었던 일들을 얘기해야겠다고, 그러면 해결될 거라고 김영춘은 기대했다.

그런데 그날이 돼도 자식들이 집에 오지 않았다. 자신의 속셈을 알고 미리 은희가 수작을 부린 게, 그놈이 그러라고 시킨 게 틀림없었다.

"네가 네 언니, 오빠, 동생한테 아버지 생일상도 차려주지 말자 그랬냐?"

"뭐라고요?"

딸의 눈빛은 더 이상 자신들이 알던 딸의 눈빛이 아니었다.

"그런 게 아니면 왜 아무도 안 와?"

"그걸 내가 어떻게 알아요?"

"전화해봐, 어서."

"궁금한 사람이 해보세요."

전화를 해도 자식들은 서로 짠 듯이 전화를 받지 않았다. 딸이 그런 자신을 고소한 눈빛으로 보는 것 같아서, 음흉한 그놈이 딸 속에 숨은 채 자신을 비웃는 것 같아서, 김영춘은 더 노기충천했다.

"어떻게 제 가족보다 남의 말을 들을 수가 있어? 어떻게 제 부모를 배신하고 그놈 편을 들 수가 있어?"

"하하하. 가족, 가족이 뭔데요?"

"뭐?"

"나한텐 세상에서 가장 끔찍한 게 가족이에요. 가장 질긴 족쇄, 가장 지긋지긋한 족속이 가족이라고요!"

그 말을 남기고 은희는 그놈을 만나러 나갔다.

어떻게 자식까지 있는 애가 그런 말을 할 수가 있나. 넋이 나간 채 쭈그러든 김영춘을 이정숙은 위로했다. 주말에는 자식들이 일이 있어 못 왔지만 당신 생일날에는 올 거라고. 당신 말대로 딸은 그놈한테 물이 들어 그런 거니까, 애가 하는 말에 상처받지 말라고. 애들이 오면 우리를 도와 그놈을 혼내줄 수 있을 거라고.

이정숙의 말대로 김영춘의 생일날 김인경이 찾아왔다. 늘 의젓하고 믿음직한 맏딸에게 그들은 기대를 걸었다. 그런데 작은딸과 싸우다 변호사의 전화를 받고 헐레벌떡 나가는 큰딸은 누굴 도와줄 처지가 아니라 딱 봐도 도움을 받아야 할 처지였다. 그런데도 사정을 말하지 않는 큰딸이 김영춘은 섭섭했다. 늙었어도 내가 네 아버진데, 너를 위해서라면 무엇이든 할 수 있는데, 그러니까 무슨 일인지 말하라고 해도 딸은 자신을 믿지 않았다. 자기는 자기 가족을 신경 쓰기만도 바쁘니 아버지 가족은 아버지가 챙기라고 냉정하게 선을 그었다.

나중에 온 김현창은 한술 더 떴다. 네 누나한테 무슨 일이 있는 것 같다고 해도, 은희가 칼로 다 잘라놓은 자목련을 보고서도 걱정할 필요 없다고, 자식들이 바라는 건 부모님이 그냥 가만히 계시는 거라 했다.

요양원에 들어가란 말보다 그 말이 더 아팠다. 그 말은 이제 관 속에 들어가라는 말이나 똑같은 거니까.

김현창이 떠나고 나서 정말 관 속에 누운 듯, 김영춘과 이정숙은 나란히 누운 채 멍하니 천장만 바라보았다. 늙어서 숨도 얕으니 그냥 숨만 좀 참고 있으면 이대로 영원히 잠들 것만 같아 김영춘은 눈을 감았다.

그때 이정숙이 그의 손을 잡았다.

"약, 약속…… 부모……."

우리 약속했잖아요. 죽을 때까지 부모로 살겠다고. 자식들이 뭐라 그래도 우리는 그렇게 살면 돼요. 이정숙이 눈으로 하는 말을 김영춘은 알아들었다.

"그래. 제깟 놈들이 뭐라 그러든 자식일 뿐이고, 우리가 부모야. 그러니까 우리는 우리 일을 하면 되는 거야. 그놈들 도움 없이도 우리끼리 충분히 할 수 있어."

김영춘은 몸을 일으켰다.

그놈이 빼앗아 간 것을 하나하나 되찾아야만 한다. 가장 먼저 비디오데크부터. 그걸 찾아 자식들에게 우리 가족이 행복했던 그 시절의 비디오를 보여주는 거다. 그럼 마음이 멀어진 자식들도 다시 예전처럼 살가워질 것이다. 뿔뿔이 찢어진 가족이 집으로 다시 모여들 것이다.

그런 기대감을 안고 김영춘은 세탁소로 달려갔다. 광수가 막으면 물어뜯어서라도 그놈을 죽여버릴 생각이었는데 어디로 갔는지 광수는 보이지 않고 세탁소도 비어 있었다. 김영춘은 비디오데크를 들고 흥분해 집으로 뛰어갔다. 아니, 마음은 뛰고 있었는데 다리가 생각대로 움직이지 않았다. 벽돌 수십 장도 거뜬히 들었었는데, 겨우 플라스틱 비디오데크가 버거워 팔이 빠질 것만 같았다.

신호등이 빨간불로 바뀌기 전에 건널목을 건널 수 있을

까, 별로 길지도 않은 그 거리가 아득하게 보였다. 그래도 온 힘을 다해 잰걸음을 내딛는 김영춘의 앞을 무지막지하게 달려오는 배달 오토바이가 가로막았다. 늙은 사람은 눈에도 잘 안 보이는지, 젊었을 때는 잘도 피해 가던 사람과 차들이 이제는 시도 때도 없이 달려들었다.

세탁소에서 집까지 가는 10분 거리의 길이 까딱하면 맹수한테 잡아먹히는 정글처럼 힘겨웠다.

무사히 집에 도착했을 때, 김영춘의 등허리는 땀으로 흥건했다.

"여보. 내가 이걸 가져왔어! 그놈이 훔쳐간 걸 되찾아 왔다고!"

김영춘은 의기양양하게 비디오데크를 흔들었다.

"이층……."

"응?"

"이층…… 딸!"

"아, 내 정신 좀 봐. 이걸 찾아온다고 우리 딸을 깜빡하고 있었네. 그래, 은희도 찾아와야지. 기다리고 있어!"

김영춘은 다시 집을 나섰다. 몇십 년을 오르내린 계단인데, 발을 헛디뎌 현관에서 대문까지 나뒹굴었다. 누가 볼세라 얼른 몸을 일으키려는데 맘대로 몸이 따라주지 않았다. 부러진 것처럼 다리가 움직이지 않았다. 간신히 계단을 붙잡고 상체를 드는데 김인경이 대문으로 들어왔다. 김인경이 보이자마자 김영춘은 억지로 벌떡 일어나 아무 일 없었던 척하려고 더 크게 호통을 쳤다.

"왜 이렇게 전화를 안 받아. 몇 번이나 전화했었는데. 우선 집에 들어가 있어. 내가 은희 데리고 와서 보여줄 게 있으니까."

온 가족이 모이기 전에 우선 딸들이랑 비디오를 보는 것도 괜찮을 것 같았다. 캠코더를 처음 샀을 때 작은딸이 중학교를 막 입학했었으니까, 큰딸은 고등학생이었을 것이다. 여드름 때문에 하루에도 몇 번씩 세수를 하던 큰딸한테서는 늘 비누 냄새가 났었다. 여드름이 있어도 이쁘기만 했던 그 얼굴을 다시 볼 생각에 김영춘은 가슴이 설렜다. 걸을 때마다 찌릿찌릿 다리에서 통증이 일었지만 그럴 때마다 다른 생각을 했다. 큰딸이 공부하다 잠이 들면 조심히 안경을 벗겨 정성껏 입김을 호 불어 닦아주곤 했다. 오늘은 오랜만에 딸의 안경을 그때처럼 닦아줘야겠다.

정신 나간 사람처럼 웃으면서 절뚝거리며 걸어가는 김영춘을 의아하게 바라보다 김인경은 집 안으로 들어갔다.

이정숙은 김인경을 보자 몸을 일으키려고 버둥거렸다.

"일어나실 거 없어요. 저 바로 갈 거니까. 엄마 들어가실 요양원 알아놨어요. 좋은 곳이에요. 우리 시어머니도 거기 계시고. 근데 아버지는 어디 가시는 거예요?"

이정숙은 아무 말도 하지 않았다. 부모로서 살아남기 위해 그렇게 안간힘을 썼는데, 이제 그 시간이 끝났다는 걸 그저 체념하듯 받아들였다. 그래도 이 자리에 남편이 없어 다행이라 여겼다.

김영춘은 절뚝절뚝, 채 다섯 걸음도 못 가고 멈췄다가 심호흡을 하고 다시 걸었다. 뚝 부러지는 소리가 나지도 않았는데, 어디가 다친 건지도 모르겠는데 절뚝거리는 자신이 마뜩잖아 버럭 화를 냈다.

"하여간 늙은이들은 엄살이 문제라니까. 아프긴 뭐가 아프다고! 똑바로 해. 꼴사납게 굴지 말고 당당히 걸으라고."

그 말을 하는 순간에도 김영춘의 몸은 절뚝거렸다. 세탁소까지 가는 데 30분이 넘게 걸렸다.

이번에는 꼭 은희를 데리고 가야지. 광수 그놈이 자신보다 젊고 힘이 세다 해도 부모의 사랑을 이기지는 못할 것이다. 그놈의 실체와 속셈을 폭로하면 은희는 정신을 차리고 자신을 따라올 것이다.

이번에도 세탁소에 없으면 동네 술집을 뒤져보려 했는데 안에 사람이 있었다. 은희가 광수와 술을 마시고 있었다. 김영춘이 들어가자 김은희는 다짜고짜 여기 있던 비디오데크를 아버지가 훔쳐 갔냐고 따졌다.

"훔치긴 뭘 훔쳐 가. 그건 애초부터 우리 거였어!"

"내가 정말 미쳐, 아버지!"

광수가 눈을 희번덕거리며 소리쳤다.

"그거 중고로 팔려서 내일 당장 보내줘야 하니까 얼른 가지고 오세요. 안 그럼 돈을 내고 사든가요!"

"뭐? 내 물건을 내가 왜 사냐, 이놈아!"

"이 노인네가 정말!"

벌떡 일어나는 광수를 김은희가 말렸다.

"내가 돈 줄게. 그거 얼마에 팔렸어?"

"미쳤어? 네가 왜 그 돈을 줘. 이놈이 훔쳐 간 걸 왜 네가 돈을 주냐는 말이야."

김영춘은 목의 핏대를 세웠다.

"이놈이 우리 집에서 훔친 게 그거뿐인지 아냐? 인터넷에 네 오빠를 욕하는 댓글까지 달았어! 네 오빠의 명예까지 훔친 놈이라고!"

"누나 엄마만 노망난 게 아니네. 이 노인네도 노망이야."

"뭐 이놈아?"

"늙었으면 곱게 죽으라고요, 씨발!"

"이놈이 어디서!"

김영춘은 광수의 얼굴을 향해 주먹을 날렸다. 발끈한 광수가 벌떡 일어서며 으르렁거렸다.

"도둑질도 모자라 이제 사람까지 때려요?"

"도둑놈은 너야, 이놈아. 그때 우리 집에서 없어진 캠코더도 네놈 짓인 거, 다 알고 있다!"

김영춘은 그 말에 광수의 눈빛이 흔들리는 걸 놓치지 않고 은희를 향해 의기양양하게 말했다.

"봐라. 아니라고 말 못 하잖아. 이놈, 이놈이 훔쳐 갔다니까. 일본에 출장 갔다가 큰맘 먹고 사 왔던 그 귀한……."

하지만 김은희는 광수가 아닌 김영춘을 향해 진저리치며 소리 질렀다.

"옛날 일 얘기해서 뭐 할 건데! 언제까지 맨날 옛날얘기만 할 거냐고!"

김영춘은 그런 김은희의 손을 잡았다.

"은희야, 그만 집에 가자. 엄마가 기다려."

김은희는 더러운 것이라도 되는 듯이 김영춘의 손에서 잽싸게 자기 손을 뺐다.

"그게 내 집이야? 엄마 아버지 집이잖아. 그러니까 아버지 혼자 가!"

"이놈하고만 안 만나면 그 집은 니 꺼라니까. 내일 당장 니 앞으로 명의도 바꿔줄 수 있어!"

"필요 없으니까 가라고! 제발!"

그런 은희를 보며 김영춘은 좀 더 일찍 딸을 저 나쁜 놈한테서 구했어야 했는데 그러지 못한 것이 미안했다. 그래도 술이 깨고 나면 다를 것이다. 은희는 네 자식 중 가장 싹싹하고 정이 많은 아이였다. 출근하기 전 김영춘의 구두를 반짝반짝하게 닦아놓고, 비가 오는 날이면 우산을 들고 정류장 앞에 서서 김영춘이 오길 기다렸다. 딸과 함께 우산을 쓰고 가던 퇴근길은 참 즐거웠는데…….

홀로 돌아오는 길, 아까보다 더 절뚝거리는 자신의 그림자가 그런 자신을 비웃는 것 같아 애꿎은 그림자를 향해 발길질했다.

"다 틀려먹었어. 그게 왜 옛날 일이야. 우리가 가족이었을 때, 지들이 우리 자식이었을 때, 우리가 지들 부모였을 때, 바로 그땐데……."

패잔병처럼 김영춘이 풀이 죽어 집에 도착했을 때 김인경은 보이지 않았다.

"인경이는? 인경이는 어딨어?"

이정숙은 대답하지 않은 채 김영춘만 물끄러미 바라보았다. 그 눈빛이 아까와 달라 김영춘은 가슴이 덜컥했다. 그제야 아내 옆에 있는 찹쌀떡이 보였다. 분명 네 개가 있었는데, 한 개 자리가 비어 있었다. 놀라 아내를 보자 아내는 입을 꾹 다문 채 시치미를 뗐다. 김영춘이 아내의 입을 열어 찹쌀떡을 꺼내려는데, 아내가 한 번도 본 적 없는 험악한 표정으로 김영춘을 밀쳤다.

나도 지긋지긋해.

작은딸이 온 집이 떠나가라 소리쳤던 것처럼 이정숙도 눈빛으로 김영춘에게 고함쳤다.

이놈의 질긴 족쇄, 나도 벗어버리고 싶다고!

김영춘은 황망하게 그런 아내를 바라보았다.

나는 안 그런 줄 알아? 더 이상 부모 같은 거 필요 없다는 자식들한테 해도 해도 끝도 없는 부모 노릇, 누군 하고 싶어 하는 줄 아냐고? 그래도 어떡해? 우리가 부몬데. 그러니까 우린 그런 말 하면 안 되는 거야!

늙고 메마른 부부의 눈동자가 갈라지고, 붉게 고이는 핏물 속에서 두 사람은 서로의 눈동자에 비친 자기를 보았다. 영락없이 늙은 고아였다. 자기들은 결코 그렇게 되지 않을 줄 알았는데, 그 불쌍하고 헐벗은 노인네들이랑 똑같아졌다는 게 황망하고 슬퍼 아무 말도 하지 못했다.

그저 서로를 바라볼 뿐.

잠시 후, 김은희가 비틀거리며 들어왔다. 집에 안 들어오면 어쩌나 걱정했던 딸이 생각보다 빨리 집에 왔다는 반가움에 김영춘은 김은희가 들고 있는 게 무엇인지 처음

엔 인지하지 못했다. 아빠는 네가 곧 따라올 거라고 믿고 있었다고, 그래서 일부러 천천히 걸어왔는데, 좀 더 기다렸다 같이 올 걸 그랬다고 손을 잡으려다가 김은희의 손에 들린 칼을 발견했다. 그 순간, 김영춘의 몸이 오그라들었다. 뼈가 부러진 듯, 심장이 터진 듯 아까보다 몸이 더 비틀리고 작아졌다.

"이제 그만 끝내자. 그래야 언니, 오빠, 현기가 맘 편히 살 수 있어. 아니, 아니다. 우리가 죽어야 그 나쁜 새끼들이 후회하고 괴로워하지. 아버지, 엄마. 우리가 죽어서 그 나쁜 새끼들한테 복수하자!"

"은희야……."

"미안해, 아버지. 이것밖에 안 되는 딸이라서. 미안해, 엄마. 그래도 이렇게 사는 것보단 차라리 죽는 게 낫잖아. 나 더 이상 엄마 아버지 미워하기 싫어. 너무 힘들어서 이젠 정신을 놓아버릴 거 같다고. 그 꼴 보긴 싫잖아!"

칼을 든 김은희의 손이 부들부들 떨렸다. 차마 그 손을 뻗지도 못하면서, 칼을 쥐고 있는 것만으로도 힘들어 식은 땀을 흘리는 딸이 안쓰러워 이정숙은 눈물을 흘렸다.

미안하다. 내가 널 이렇게 만들었어.

찹쌀떡에 가로막혀 뱉을 수도 없는 말이 이정숙의 심장을 조여왔다. 김영춘이 그런 이정숙을 보며 고개를 저었다.

"애가 술 때문에, 그놈 때문에 이러는 거야!"

김영춘은 찌그러진 몸으로 김은희의 손에서 칼을 빼앗으려 했다. 김은희는 뺏기지 않으려고 발악했다.

"아니라고! 그러니까 말리지 마. 오늘은 끝내야 돼. 안 그럼 우리 가족 다 죽어. 엄마 아버지, 나뿐만 아니라 언니, 오빠, 현기까지 다 망가진다고!"

은희야, 그런 일은 없을 거야. 이제 다 끝났으니까. 환자인 나만 사라지면 되니까.

이정숙은 조용히 찹쌀떡 하나를 더 집어 입에 넣었다. 그런 줄도 모른 채 김은희와 김영춘이 칼을 두고 실랑이할 때, 광수가 기름통을 들고 들어왔다.

"누나, 이거 놓고 갔어."

그 말에 김은희가 칼을 버리고 김영춘에게서 떨어졌다. 번들거리는 눈으로 광수에게서 기름통을 받아 들고 집 안 곳곳에 뿌려댔다. 놀란 김영춘이 버럭 고함을 쳤다.

"지금 뭐 하는 짓이야!"

"싹 다 불 질러버릴 거야. 지긋지긋한 이놈의 집구석 싹 다 없애버릴 거야."

김영춘이 김은희가 든 기름통을 빼앗았다. 코로 스며든 기름 냄새가 바람 인형을 가득 채우는 공기처럼 김영춘의 쪼그라든 몸을 부풀게 했다. 김영춘은 김은희를 밀치고 곧

장 광수에게 달려들었다.

"너 이놈! 이 철천지원수 같은 놈. 네놈이 행복한 우리 가족을 시기하더니 이제는 우리 집까지 불태워 없애려 해?"

광수의 멱살을 붙잡은 김영춘은 순간 회춘했다. 젊었을 때처럼 김영춘의 가슴에는 배짱이 가득하고 눈에는 생기가 넘쳤다. 그 기괴한 괴력에 광수는 압도당했다. 미친 노인한테 목 졸려 죽을지도 모른다는 공포심에 광수는 김영춘을 밀치고 바닥에 떨어진 칼을 주워들었다. 김영춘은 깡패 두목이 겨눈 칼을 향해 눈 하나 깜짝하지 않고 다가갔을 때처럼 이번에도 광수가 든 칼을 향해 성큼성큼 다가섰다.

바닥에서 일어나려고 버둥거리다 기름을 밟고 번번이 미끄러진 김은희는 엎어진 채 의식을 잃었고, 찹쌀떡 두 개를 목구멍에 쑤셔 넣은 이정숙은 힘없는 기침을 하며 안타깝게 남편을 바라보았다.

"천하에 쓰레기 같은 놈! 지옥에 떨어져 천벌을 받을 놈!"

"당신 딸이 부탁한 거야! 나한테 구해달라고 했다고!"

광수는 김영춘을 칼로 찔렀다. 칼은 김은희가 자목련의 나뭇가지를 상대로 휘둘러대 이가 빠진 상태라 김영춘의 몸에 깊게 들어가지 못했다.

"도둑놈! 네놈 때문에 네 어미도 홧병 나 일찍 죽은 거야!"

"웃기지 마, 당신 때문이야. 내가 캠코더를 훔쳐 갔다고 당신이 우리 엄마한테 난리를 펴서 그렇게 된 거라고!"

"네놈이 훔쳐 간 게 맞잖아!"

칼을 잡은 광수의 손에 더 힘이 들어갔다.

"아니라고! 잘 살아보려고 맘먹은 나한테 도대체 왜 이러는데!"

광수는 흥분해 김영춘의 몸에 칼을 두 번 더 찔러 넣었다. 김영춘은 바닥에 쓰러지고도 무언가 말을 하려는 듯 입을 벙긋거렸다. 광수는 다시 한번 칼을 쥔 손에 힘을 주었다. 노인들의 잔소리는 더 이상 듣기 싫었다. 마침내 집이 조용해졌고 광수는 칼 손잡이를 씻어 쓰러진 김은희 옆에 던져두고 돌아섰다. 아직 살아 있는 김영춘과 이정숙이 그 모습을 똑똑히 지켜보았다. 그리고 마지막 눈빛을 나눴다.

역시 질이 나쁜 놈이었다고. 우리가 그놈에게서 우리 자식을 구했다고.

에필로그

다시 봄이 오고 자목련에 꽃이 피었다.

처음 자목련을 심을 때 이정숙이 한 말을 집은 기억했다.

"자목련은 꽃잎이 여섯 개래요. 우리 식구도 여섯이니까 딱 맞아요."

그들은 6이라는 숫자를, 그리고 그보다 더 4라는 숫자를 좋아했다. 자식들이 넷이기 때문이었다.

그들이 죽고 나서 자식들은 가슴 아파하기도 하고 괴로워하기도 했지만, 전보다 불행해 보이지는 않았다. 어쨌든 끝났으니까.

김은희는 술을 끊었고, 김현창은 이혼하지 않았다. 김현기는 여전히 물류센터에서 알바를 하고, 김인경은 퇴직을 했다. 하지만 집은 남에게 팔지 않았다. 부모가 없어지고 나자 빈집마저도, 그 집에 남은 부모의 흔적마저도 자식들에겐 소중해졌기 때문이다.

이 집이 처음 지어질 때 김영춘은 아침저녁으로 와서 그 과정을 지켜보았다. 그때의 김영춘은 김현창보다 더 패기만만했고, 김현기보다 더 힘이 셌다. 큰딸이 결혼하기 전에 집이 완성돼야 한다고, 좁은 빌라가 아니라 넓고 좋은 집에 큰딸의 방을 마련해주고 사위도 새집에서 맞이해야 한다고 일꾼들을 독촉하는 것도 모자라 직접 벽돌까지 날랐다.

그 마음을 모른 채 큰딸이 결혼을 서두르자 김영춘은 속상한 얼굴로 텅 빈 큰딸의 방을 보며 한숨을 쉬었다. 방이너무 많다고 애초에 설계사가 충고했었다. 아이들이 결혼하고 떠나면 그땐 다 어쩔 거냐고.

그래도 김영춘은 고집을 꺾지 않았다. 각자의 방을 가져본 적 없는 네 자식에게 그래도 방 하나씩은 만들어주고 싶다고. 자식들이 결혼하면 사위랑 며느리, 손주들이 와서 방을 쓰면 되는데 무슨 걱정이냐고.

그의 말대로 한동안 집이 떠들썩할 만큼 사람들로 붐비던 시절이 있었다. 집이 기억하는 그 마지막은 김영춘의 정년 퇴임식이 있던 날이었다.

큰딸의 가족만 해도 넷, 큰아들과 작은딸의 가족은 여섯, 막내와 그의 여자친구, 김영춘과 이정숙이 초대한 친구들까지. 집이 수용할 수 있는 인원이 얼마나 되는지 시험이라도 하듯 사람들이 끝없이 들어왔다. 그들이 사 온 꽃 냄새로 집 안이 화원처럼 향기가 가득했었다.

그때가 집의 절정이었다. 그 후로 집을 찾는 사람들의 숫자는 조용히 줄어들었고, 안주인이 쓰러지고 난 후에는 시들어가는 자목련꽃처럼 집은 초라해졌다.

아, 그들의 마지막 날은 그래도 요란하고 소란스러웠다. 집주인인 노부부의 죽음이 평범하지 않았기 때문이다. 집은 그들이 어떻게 죽었는지 다 보아 알고 있었지만 사람들에게 알려줄 수는 없었다.

은희가 광수네 세탁소에서 가지고 나간 것은 기름통이 아니라 세탁할 때 쓰는 세제통이었다. 광수는 그 사실을 알고 기름통을 들고 나가 바꿔주려 했지만 술에 취한 김은희는 말을 듣지 않았다. 실랑이를 하는 와중에 김현창이 나타나 김은희만 데려가자, 광수는 뒤늦게 기름통을 들고 집에 나타난 것이다.

그날 밤, 세탁소에서 폭발음과 함께 화재가 일어났다. 경찰들은 유증기 회수기 고장으로 인한 흔한 폭발 사고로 여겼지만 그건 사실이 아니었다. 김영춘 때문에 흥분한 광수가 자기네 세탁소를 없애버린 것이다. 유증기가 고여 있는 건조기에 라이터만 켜서 던지면 되는 일이었다.

수십 년간 그 자리에 있던 세탁소가 사라진 자리에는 24시간 셀프빨래방이 생겼지만 새 간판을 달기도 전에 광수는 김영춘 부부의 살해범으로 검거되었다.

그가 붙잡힌 건 비디오데크 때문이었다. 광수 아버지가 그 비디오데크 때문에 김영춘이 자기네 세탁소에 불을 지른 것이라고 경찰에 신고하면서, 광수와 김영춘 사이에 있었던 일들이 밝혀졌다. 광수는 자신이 훔치지도 않은 비디오데크 때문에 자신을 도둑놈이라 욕하면서 폭행까지 하는 김영춘을 더는 참을 수가 없어 죽였다고 털어놓았다. 새로운 마음으로 잘 살려고 애쓰는 자신의 발목을 붙잡고 놓아주지 않는 늙은것들을 다 없애버리고 싶었다고.

그러면서도 이정숙은 자신이 죽이지 않았다고 부인했다. 자신은 그곳에 이정숙이 있었는지도 몰랐다고.

형벌을 낮추기 위해 그가 발뺌하는 거라고 형사들은 의심했지만 또 한편 김영춘을 칼로 몇 번이나 찌른 범인이 이정숙의 입에는 찹쌀떡만 넣었다는 게 이상했다.

노부부의 비극적인 죽음이 낡은 비디오데크 때문이었다는 말에 자식들은 고개를 숙이고 침묵했다. 경찰들이 떠난 후에야 요즘은 돈만 주면 디지털 파일로 바꿔주는데 왜 굳이 비디오데크를 찾아오려다 목숨까지 잃었는지 모르겠다고 김현기가 중얼거렸다.

"……그게 아닌 거 알잖아."

김은희의 말에 나머지 자식들이 고개를 들었다.

"비디오데크 때문이 아니라 나 때문이야. 내가 죽인 거야. 내가 광수한테 나 좀 살려달라 그랬어. 그래서 광수가 오빠 칼럼에 그런 댓글도 달고……."

"그 댓글은 내가 달았어."

갑자기 끼어든 정우의 말에 모두 놀랐지만 그중에서도 김은희가 가장 크게 놀랐다.

"정우 네가 했다고? 왜, 왜 그랬어?"

"사실이니까. 엄마도 그렇고 이모 삼촌, 다들 불효자잖아. 할아버지가 왜 그렇게 그 비디오데크를 찾아오려고 했는지 아직도 모르잖아! 할아버지도 디지털 파일로 바꾸면 비디오데크가 없어도 되는 거 알고 있었어. 내가 그 얘기를 해드렸거든. 근데 할아버지가 싫다고 하셨어. 옛날 비디오는 옛날 비디오데크로 봐야 제맛이라면서."

정우는 굳은 표정으로 자신의 말을 듣는 사람들을 하나하나 바라봤다.

"이모. 할아버지 할머니는 주말마다 이모가 올지 모른다고 기다렸어요. 노인들한테는 약 냄새가 진동한다고 주말이면 몇 번씩이나 이를 닦으면서요."

그래도 냄새가 났다는 걸 김인경은 기억했다. 그들이 없는 지금도 그 냄새가 났다. 쿰쿰하고 눈을 맵게 하는 냄새가.

"큰삼촌. 할아버지는 입으로는 삼촌을 욕하면서도 삼촌 칼럼에는 늘 칭찬 댓글을 달았어요."

왜 꼭 그래야 했는지 아직까지도 김현창은 이해 불가다. 욕과 칭찬, 어떤 게 아버지의 진심이었을까.

"작은삼촌. 할아버지 할머니가 저보고 삼촌 닮았다고 많이 그랬어요. 착해서 이쁜데 세상살이에 다칠까 봐 더 걱정된다고. 그래도 끝까지 착한 성품 잃지 말라고 당부하셨어요."

김현기는 말문이 막혔다. 내겐 그따위로 살면 안 된다고 했으면서…….

"엄마. 할아버지는 다 같이 비디오를 보면서 지금 내가 말했던 얘기를 하시려고 했어. 그래서 비디오데크를 찾아오는 게 할아버지한테는 중요했던 거야."

정우가 이끌어, 그들은 같이 모여 비디오를 봤다. 화면 속 어린 김현기를 업고 있는 이정숙이 너무 젊고 싱그러워서, 두 아들과 줄넘기 시합을 하는 김영춘의 몸이 너무 가볍고 빨라서, 그들은 놀랐다. '엄마' '아빠' '엄마' '아빠' 쉼 없이 불러대는 자신들의 목소리를 들으면서, 부모를 죽인 '그놈'이 누구인지를 비로소 깨달았다.

그건 바로 그들의 자식들, 자기 자신들이었다.

하지만 빈집은 다르게 생각했다. 그들을 죽인 그놈은 '가족'이었고, 노부부는 희생자이자 가해자이기도 했다.

빈집은 그들의 생각이 맞는지, 자기 생각이 맞는지 확실히 판단할 수 없었다. 그래도 한 가지는 분명히 알고 있었다.

이 집의 주인들이 늙은 고아로 이 세상을 떠난 것처럼, 이 집의 자식들도 이제 고아의 삶을 살게 될 것이다.

삭고 희미해진 모든 것들의 운명처럼 주인을 잃은 빈집도 사라질 때였다.

늙은 집의 벽 한 귀퉁이부터 금이 가기 시작했다.

작가의 말

우리나라도 몇 년 후면 65세 이상 노인이 총인구의 20퍼센트를 차지하는 고령사회가 된다.

역사상 최초의 일이다.

그래서 제도적인 대비책이 미비한 탓도 있고, 유교문화가 저변에 깔린 사회라 어느 가족이나 노인 부양 문제에서 자유로울 수 없는 게 우리 현실이다.

내 가족, 내 이웃, 내 친구를 가장 힘들게 하는 일이지만 아무도 말하지 않는 문제. 그러는 동안 상처와 갈등은 가족 안으로 더 파고들어 비극의 씨앗을 잉태하는 게 아닐까.

이 글을 처음 시작할 때 누구나 알고 있는 징글징글한

가족 이야기를 왜 쓰냐는 질문을 받은 적이 있다.

내 대답은 '대신 말해주고 싶어서'다.

부모가 늙고 병들게 되면 어느 가족이나 거쳐야 하는 고민과 선택의 순간들, 길고 긴 간병의 세월 동안 겪게 되는 고립감과 외로움. 다른 형제, 자식들에 대한 서운함과 원망, 죄책감, 분노, 가족이란 말만 들어도 치밀어 오르는 피곤과 싫증에 대하여.

당신만 이기적이어서 그런 게 아니라고, 당신네 가족만 이상해서 그런 게 아니라고 따뜻한 위로의 말을 전하고 싶다.

소설이 책이 되어 나오기까지 3년의 시간이 흘렀고, 그 사이 아버지가 돌아가셨다.

이 소설 속 자식들이 하는 모질고 불경스러운 말은 모두 나의 말이기도 하기에,

죄송하고 송구스럽다.

그래도 우리 아버지는 껄껄 웃으며 "괜찮아"라고 하시겠지만.

부모는 나의 시작과 끝이다.

가장 질긴 족쇄, 가장 지긋지긋한 족속, 가족
© 류현재, 2022

초판 1쇄 발행일 2022년 5월 6일
초판 2쇄 발행일 2022년 5월 16일

지은이   류현재
펴낸이   정은영
편집   김보성 김정은 정사라
마케팅   최금순 오세미 김현아 오경미
제작   홍동근

펴낸곳   (주)자음과모음
출판등록   2001년 11월 28일 제2001-000259호
주소   10881 경기도 파주시 회동길 325-20
전화   편집부 (02)324-2347 경영지원부 (02)325-6047
팩스   편집부 (02)324-2348 경영지원부 (02)2648-1311
이메일   munhak@jamobook.com

ISBN 978-89-544-4825-3 (03810)